MEURTRE
À LA BOURSE

Collection
« Les lieux du crime »
créée par
BERNARD MAGNIN

Déjà parus

JEAN DUCHATEAU
Meurtre à l'Élysée

CAMILLE DUBAC
Meurtres à l'E.N.A.

JEAN DUCHATEAU
Meurtre à TF1

DOMINIQUE KIM
Meurtres aux J.O.
Séoul 1988

ERIC NORDEN
Meurtre à Wall Street

LEA SHANNON
Meurtre en haute couture

DANIEL ROBERT
Meurtres dans la pub

CLAUDE SOULA

MEURTRE À LA BOURSE

roman

CALMANN-LÉVY

ISBN 2-7021-1783-X

Imprimé en France

Il avait raison : l'argent, jusqu'à ce jour, était le fumier dans lequel poussait l'humanité de demain ; l'argent, empoisonneur et destructeur, devenait le ferment de toute végétation sociale, le terreau nécessaire aux grands travaux qui faciliteraient l'existence.

Émile ZOLA, *l'Argent.*

L'argent gagné trop facilement est toujours suspect et, en effet, il est fait pour corrompre.

François MITTERRAND,
12 février 1989.

Sommaire

Prologue

Rodrigo sortit de la bouche du métro, derrière le palais Brongniart. Il remonta lentement la rue, frôlant les grilles de protection, une cigarette entre les doigts. La main libre tenait un sac de plastique gonflé, mais léger, orné d'un ballon de foot « Tous les Sports », Ivry-sur-Seine. Enfin tranquille, il soupirait joyeusement. Les fins de semaine le barbaient mortellement. Entre sa femme, les deux gosses, l'immeuble crade et la télévision perpétuellement allumée, il crevait. Le lundi matin, il était plutôt content. Il aimait travailler à la Bourse. Il aimait retrouver le IIe arrondissement, en plein cœur de Paris, et ses bâtiments qui n'avaient guère changé depuis le Second Empire. L'architecture même du Palais, coincé sur une place trop petite pour lui, lui plaisait. Ses lignes néo-classiques, imitant les temples grecs, son escalier d'entrée majestueux surveillé par deux statues jaune sale, se tordant dans des draperies à jamais figées, le transportaient dans un autre monde. Lui, ne prenait pas l'escalier. Comme bon nombre de professionnels, il se contentait de l'entrée de service, qui faisait face aux bureaux de la Société des bourses françaises, l'ancienne chambre syndicale des agents de change. Il montra son badge au planton et pénétra dans le temple. Il dit bonjour à ses collègues, échangea les dernières informations. Il était question de grève. Oh, bien sûr, pas parmi le personnel de service, les nettoyeurs et consorts. Ce sont les commis, et le personnel des places de cotation qui sont d'humeur revendicative. Aujourd'hui, il n'en reste presque plus, mais les derniers ne sont guère heureux.

Depuis le krach, les affaires ont bien baissé. Et le statut des salariés est menacé par une révision. Ils se tenaient pourtant tranquilles depuis longtemps. Avant, chaque année, ils s'arrêtaient un jour ou deux, pendant les négociations salariales. Et de temps en temps, ils bloquaient tout. Il y avait un grand meneur. C'était il y a bien dix ans de cela... peut-être quinze. Juste quand il avait été engagé. On l'appelait Pompon. C'était quelqu'un, une grande gueule. Il pouvait tout stopper dans la barraque, même le nettoyage. À chaque coup, les employés obtenaient leur augmentation. Et puis un jour, il disparut. Ils ont découvert après qu'il s'était acheté un restaurant vers Biarritz. Payé rubis sur l'ongle, par le syndic qui voulait s'en débarrasser. Ah, il s'était bien débrouillé le Pompon.

Rodrigo enfila sa tenue, prit ses produits de nettoyage, ses seaux et ses balais, et grimpa à l'étage supérieur. Enfin, le rez-de-chaussée plutôt, pour les visiteurs. Là où régnait chaque jour la plus grande animation, là même où se retrouvaient les agents de change. Ahmed était déjà en train d'astiquer les ordinateurs, et il se dirigea vers les petits boxes en bois qui ressemblaient aux cabines téléphoniques d'il y a vingt ans. Elles renfermaient bien des téléphones, mais elles étaient réservées aux agents de change et aux banques. C'est là qu'ils recevaient les ordres pendant la séance. Il commença à balayer le parquet, jonché de mégots et papiers de la séance du vendredi. Il passa un coup de chiffon sur quelques vitres graisseuses, et jeta un coup d'œil. Ça pouvait passer. Maintenant, direction, les W.-C. Il ne commençait jamais par eux, sinon sa bonne humeur s'évanouissait. Il avait beau avoir l'habitude de les nettoyer chaque jour que Dieu fait, il gardait toujours un léger dégoût. Il avait peur d'attraper des maladies. On l'avait prévenu de ce qu'on pouvait ramasser en touchant les cuvettes. Et lui devait les récurer. Une fois, il avait même trouvé une capote usée, flottant sur l'eau. Il avait dû tirer dix fois la chasse pour la faire partir. Rodrigo enfila ses gants en caoutchouc. Une paire neuve, qu'il prenait soin de changer toutes les semaines. Et il n'hésitait pas sur la Javel. Il commença par le côté dames. Il trouvait que c'était plus propre. Un petit coup de La Croix dans l'évier, un coup d'éponge, un petit coup sur la glace. Il poussa la porte des premières toilettes. Chouette, nickel. Juste un peu de Javel, un coup de brosse, et la chasse. Poubelle vide. A l'autre. La porte avait du mal à s'ouvrir. Quelque chose coinçait. Il poussa carrément, s'aidant de l'épaule. La porte était à moitié bloquée. Il passa la tête, et resta pétrifié. Une dame, le visage tout bleu, les yeux hors des trous le fixait. Elle était très bien habillée. Mais qu'est-ce qu'elle faisait là ? Il la regarda quelques secondes, puis sortit en courant, en poussant des cris brefs et aigus. Il avait découvert un cadavre. Ça n'arrivait qu'à lui ce genre de catastrophe. Il n'avait jamais eu de chance.

Lundi noir

CHRISTOPHE MÉZIÈRES, le syndic des agents de change, était de fort méchante humeur ce matin-là. À vrai dire, il n'était plus ni Syndic, ni agent de change, depuis la réforme des structures de la Bourse. Il était, plus cérémonieusement, président du Conseil des bourses de valeurs et de la Société des bourses françaises. Mais il préférait malgré tout son ancien titre. Il avait la migraine, et tous les malheurs du monde l'accablaient. Ce week-end, son associé Théron lui avait gâché sa partie de golf, indispensable à son équilibre. Les affaires de leur charge n'allaient pas fort. Certes les autres n'allaient pas forcément beaucoup mieux, mais lui n'avait plus le temps de s'occuper de ses intérêts depuis son élection à la présidence de la Bourse. Théron le lui avait reproché. Et puis, peu de temps après son arrivée au bureau, il avait reçu un coup de fil désespéré d'un de ses confrères, Philippe Staël, qui était proche du dépôt de bilan. Il allait falloir arranger ça. Fallait-il le renflouer discrètement ou le laisser couler définitivement ? Il était nul. Il lui avait sauvé la mise déjà une fois. Oui, — décida-t-il — il le laisserait tomber, pour faire un exemple, montrer qu'il était un président à poigne. Ça ferait taire les jaloux pendant un mois. Quelle serait la catastrophe suivante ?

La loi des séries allait bien l'agresser à nouveau. Son téléphone personnel sonna.

« Non, madame, ce n'est pas l'hôtel du Prieuré, ni celui du Libre Échange. »

Il raccrocha ulcéré. Il devait absolument régler ce problème, en toucher deux mots au ministère. L'hôtel du Prieuré devait changer de numéro. Ces erreurs incessantes devenaient insupportables. Un nouvel appel retentit. Sur le poste intérieur cette fois-ci.

« Gisèle, voulez-vous prendre la communication ? Dites que je rappellerai. »

Il cria, pour qu'elle l'entende à travers la porte fermée. La sonnerie s'arrêta. Mais immédiatement, Gisèle faisait son entrée dans le bureau, sans même avoir eu l'idée de frapper à la porte. Il lui fit les gros yeux. Elle avait l'air sens dessus dessous. Complètement affolée.

— Monsieur, c'est le service de sécurité. Ils, ils...

— Eh bien oui, calmez-vous, je ne vais pas vous manger sous prétexte que vous n'avez pas frappé.

— Mais, monsieur, ce n'est pas pour ça. Ils ont trouvé un corps.

— Qui Ils ?

— Mais le service de sécurité.

— Un corps ? Mais où ?

— Mais ici, monsieur, au Palais.

— Comment ici ? Mais qui a eu l'idée de venir mourir chez moi ?

— Mme de Kervalec, semble-t-il.

— Oh ! c'est pas vrai ? Je l'aurais plutôt vue mourir dans un bordel celle-là ! Mais qu'est-ce qu'elle foutait ici ?

— Je ne sais pas, monsieur, mais elle a été assassinée.

— Assassinée ?

— Oui.

— Merde ! Merde ! Merde !

Il poussa le premier merde avec une certaine violence.

Le second fut plus modulé. Le troisième n'était plus qu'un souffle qui s'échappait d'un corps amolli. Il s'était tassé au fond du fauteuil, fermant les yeux.

Il parvint à articuler :

— Vous êtes sûre ?

— Je ne l'ai pas vue, monsieur, mais c'est ce que vient de me rapporter M. Alphonsi. Il avait l'air sûr de lui.

— C'est son métier. Merci Gisèle. Je vais y aller.

— Un moment. Ils ont prévenu la Police ?

— Non, monsieur, ils comptent sur vous.

— Bonne idée. Merci.

D'abord réfléchir. Que faire ? La police bien sûr, ou d'abord Bérégovoy ? Non, plutôt le directeur du Trésor. Ce haut fonctionnaire dirige la plus puissante des administrations du pays : celle qui pense et exécute et surveille au nom du ministre des Finances. Il fera plus habilement passer la nouvelle en douceur. Bizarre comme tout ce qui touche à la Bourse devient rapidement, en France, une affaire d'État. Sur ces questions, Béré et Balladur c'est vraiment bonnet blanc et blanc bonnet. Le directeur du Trésor et le ministre d'État, quel qu'il soit, doivent être au courant de tout. Il ne peut lever deux doigts sans les avertir. La marge de liberté des autorités boursières s'exerce sur les petits bobos, sur ce qui ne risque pas de faire la une de la presse. Pour le reste, il doit prendre ses ordres au Trésor tout-puissant, ou demander conseil pour le moins. Il décrocha son combiné, composa la ligne directe du directeur.

— Bonjour. Christophe Mézières.

— Ah ! Comment allez-vous cher ami ? Quel est le bon vent matinal qui vous amène ? Un nouveau trou ?

— Non. Pire. Un assassinat ce week-end. Viviane de Kervalec.

— Non !

— Et si.

Un vide, pendant une dizaine de secondes. Mézières écoutait une conversation parasitant la leur, dont il n'arrivait à saisir le sens.

— Je préviens le ministre. Ne bougez pas.

— Mais je ne suis pas encore allé la voir.

— Dans ce cas, allez-y. Je vous envoie Pinson. Et ne touchez à rien. Je me charge de la police.

— Merci.

Il raccrocha soulagé. Le plus dur était fait. Il était couvert. Il se leva et ouvrit la porte. Ses adjoints étaient en conciliabule dans le couloir, l'air nettement plus éveillé qu'à leur habitude.

— *Let's go boys.*

Ils le suivirent comme un seul homme. D'autres s'agglutinèrent au groupe, et une petite troupe agitée et bruyante se forma. Alphonsi, le chef de la sécurité les attendait au bas de l'escalier.

— Monsieur le Président. Je n'ai pas encore prévenu la police.

Il inclinait la tête respectueusement.

— Tant mieux, tout est réglé. Allons-y.

Ils se retrouvèrent à la porte des toilettes pour dames, gardées par deux vigiles en tenue bleu marine. Mézières regretta une fois de plus le manque d'élégance de leur costume. Étant donné l'exiguïté des lieux, on ne fit entrer que le président et son premier adjoint. Les autres s'entassèrent, se tordant le cou, se poussant des coudes pour essayer de voir le spectacle.

Mézières regarda le corps. C'était bien Viviane, mais dans quel état, grands dieux ! Son ensemble de soie rouge, déchiré, mouillé par endroits. Et sa tête déformée, dont la langue sortait. Ses yeux semblaient le fixer. Tout ça ne pouvait pas finir autrement. Toute la journée, des types manipulaient des milliards, ils baignaient dans l'argent, les tentations et les compromissions. Lancez dans ce milieu une demi-mondaine, et vous faites tout exploser. Du TNT ambulant. Il avait eu bien raison de s'opposer à l'entrée des femmes au Palais. Celle-là en tout cas était bien morte, refroidie et rigide.

Derrière lui, il entendait des : « Pardon, pardon, excusez-moi. »

Pinson fit son entrée. L'air doux, timide, et si poli avec ses cheveux gris posés sur un visage d'adolescent. Comme toujours, il avait coordonné chaussettes, pochette et cravate à la couleur de ses yeux. La précision de ce garçon lui tapait sur les nerfs. Olivier Pinson était le haut fonctionnaire qui veillait sur la Bourse à la direction du Trésor. L'œil du ministre en quelque sorte.

— Mon Dieu, la pauvre femme. Mais c'est terrible !

Il était visiblement dépassé par une situation qui n'avait rien à voir avec le niveau des taux d'intérêts ni avec la parité yen-dollar. Jamais à l'É.N.A., ni dans sa famille, on ne lui avait enseigné le comportement adéquat en de telles circonstances. Il se dandinait donc d'un pied sur l'autre, maladroitement.

— Sait-on comment ce tragique incident s'est produit ?

— Non. Enfin, moi du moins je n'en sais rien. D'ailleurs ce week-end, je n'étais pas là. Je me reposais à Saint-Valéry-en-Caux.

— Vous avez pu faire un golf ?

— Oui, mais dans des conditions abominables. Dérangé par les soucis professionnels. Il faut d'ailleurs que je vous en touche un mot. Les affaires ne vont pas très fort en ce moment. Je crains quelques problèmes parmi les derniers indépendants. Et vous, où étiez-vous ?

— À la Trinité. J'ai fait du bateau. Le temps était délicieux. Un petit crachin, sans trop de vent.

De nouveaux remous se produisirent derrière eux. Une

jeune femme élégante, suivie par un homme en imperméable et par quelques képis fit son entrée.

— Inspecteur Devernois. Bonjour messieurs.

Les deux hommes s'adressèrent un coup d'œil, mi-étonné, mi-inquiet. Ils firent les présentations.

— Mon adjoint, l'inspecteur Sureau, m'accompagne. Elle se pencha sur le cadavre.

— Ce me semble bien être une strangulation, n'est-ce pas Sureau ? Quelle drôle d'idée de venir se faire étrangler en ce lieu.

— À qui le dites-vous, soupira le syndic.

— Connaît-on, même vaguement, l'heure et le jour du crime ?

— Eh bien ! nous fermons pour la fin de semaine. Si bien que cela a dû se produire vendredi.

— Le médecin légiste nous le confirmera. Qui est la victime ?

— Viviane de Kervalec. Femme de l'agent de change Jean-Louis de Kervalec.

— Sa famille est prévenue ?

— Zut ! Ça m'était sorti de l'esprit.

— Je préfère vous laisser cette charge ; vous connaissiez son mari, non ?

— Oui, ce sera sans doute mieux.

Mézières était accablé. Comment annoncer ça à Jean-Louis ? Il n'avait jamais très bien saisi l'état exact de leurs relations. Il faudrait agir prudemment.

— Nous allons dresser le constat. Si vous le voulez bien, je vous rejoindrai dans votre bureau.

— Mon adjoint reste ici à votre disposition.

— Parfait, il pourra converser avec le mien, qui a l'air de s'ennuyer.

Mézières partit interloqué, se demandant si elle était vraiment insolente, seulement très mal élevée, ou dotée d'un douteux sens de l'humour. Il remonta l'escalier et s'enferma dans son bureau. Il alluma un cigare, et se versa un fond de cognac, histoire d'y trouver un fond de courage.

— Monsieur.

La voix de Gisèle, surgissant à nouveau à l'improviste, le fit sursauter. Il en renversa du cognac sur son costume en laine grise.

— Que se passe-t-il cette fois-ci ? Un typhon ? Un krach ?

— Non, c'est seulement le Reuter qui vient de diffuser la nouvelle.

— Déjà ? Mais ils sont fous ! Ils ne m'ont même pas appelé.

Reuter, la principale source d'informations financières du globe, avait encore frappé. Les terminaux informatiques de tous les opérateurs financiers s'abreuvaient de ses indispensables nouvelles. Ses télex, ses flashes urgents influaient dramatiquement sur le cours des matières premières, des taux d'intérêt, des valeurs, des monnaies, de ce qui s'achète, se vend et se cote sur la planète. Autrement dit presque tout. Le choix de balancer sur les écrans telle ou telle phrase du sous-ministre japonais au Commerce extérieur pouvait déclencher des maelströms monétaires, précipiter le dollar dans le gouffre, ou amener le mark vers des sommets. Et c'est au milieu de ces dépêches que les traders allaient apprendre la dernière fantaisie parisienne : un assassinat à la Bourse. La réputation des Français n'était déjà pas brillante parmi les grandes banques anglaises ou américaines, qui préféraient faire exécuter leurs ordres à Londres-la-professionnelle. Les remous politiques autour du délit d'initié constaté lors de l'affaire Péchiney n'avaient rien arrangé. Ils allaient à nouveau perdre des parts de marché sur la City. Et

Mézières voyait d'autres catastrophes se déclencher : la confiance dans le franc se dérober, les taux s'envolant... Il secoua la tête pour reprendre son sang-froid.

— C'est fâcheux pour notre image de marque. Ils auraient pu s'en passer. Appelez-moi Jean-Louis de Kervalec.

Le téléphone sonna à ce moment-là.

— Bonjour, c'est Jean-Louis.

— Mon pauvre vieux, je suis désolé que tu l'aies appris ainsi. Je remontais juste à mon bureau pour te prévenir. Mais, une fois de plus, la presse est allée trop vite.

— Mais de quoi parles-tu ?

— Où es-tu ?

— Mais chez moi. J'étais patraque ce matin. Je voulais te signaler que je serais sans doute en retard pour notre déjeuner.

— Déjeuner ? Quel déjeuner ? Meeeerde, c'est vrai, j'avais complètement oublié.

— Mais tu n'as pas l'air dans ton assiette, toi non plus.

— Pas vraiment non.

— Qu'est-ce qu'il t'arrive ?

— A moi, pas grand-chose, mais ta femme, elle, a eu un problème.

Bon Dieu, comment dire ça ?

— Viviane ? Je ne l'ai pas vue du week-end. Tu as de ses nouvelles ? Tu sais où elle est ?

— Oui. Ici. Enfin, un peu plus bas.

— Mais qu'est-ce qu'elle fout si tôt au Palais ?

— Elle a été assassinée.

— ...

— Désolé vieux, je ne savais pas comment te l'annoncer.

— Mais que s'est-il passé ?

— Sais pas. La flicaille est là.

— Bon, j'arrive. Enfin, quand j'aurai repris mes esprits.

— O.K. vieux, et puis courage. Tu sais que tu peux compter sur moi…

Vivement dimanche

RUE Montmartre, les locaux de la société de bourse Kervalec étaient aussi agités qu'un atome chauffé à blanc. Analystes financiers, secrétaires et golden boys commentaient tous la grande affaire. Ils ne savaient pas très bien s'il s'agissait plutôt d'une bonne ou d'une mauvaise nouvelle. Viviane de Kervalec avait redonné un nouveau souffle à la charge. Un beau matin d'il y a cinq bonnes années, elle était arrivée, toute roucoulante et froufroutante, perchée sur ses talons hauts, en déclarant que désormais elle allait s'occuper d'eux. Elle s'était fait installer un bureau, en face de celui de son mari, l'avait fait décorer de tissu à fleurettes dans le meilleur goût Laura Ashley, et l'avait presque transformé en boudoir. Il lui servait aussi de salle à manger, où elle recevait les clients, les journalistes et ses connaissances. Jusque-là, son intérêt pour les affaires de son mari n'avait été que superficiel. Elle passait de temps en temps, poussant quelques gloussements et cris d'exclamation, noyant les couloirs sous les vapeurs de son N° 5. Elle se contentait d'entrer chez son mari, et d'en ressortir rapidement, le porte-monnaie regonflé après les courses exagérées de l'après-midi.

Un jour, son attitude avait changé. Le décollage vertical

des cours de bourse qui avait suivi l'arrivée de la gauche au pouvoir avait semblé la réveiller. La finance commençait, elle aussi, à sortir d'un long engourdissement, qui l'avait saisie durant les années inflationnistes, et Viviane avait senti le vent. Elle voulait en être. Peut-être s'ennuyait-elle aussi chez elle. Elle se métamorphosa donc en hôtesse de charme, draguant la grosse clientèle, consacrant toute son énergie à faire connaître la charge et à se pousser en avant.

Quelques jours après son arrivée, elle avait fait défiler tout le personnel dans son bureau pour essayer de comprendre les activités qui l'entouraient. C'est ainsi qu'elle fit connaissance avec les analystes financiers, qui passaient leurs journées à décortiquer bilans et comptes de résultats de société, pour en déduire les performances prévisibles de la société sur les années à venir. Ils raisonnaient en PER, *price earning ratio,* qui se calcule en divisant le cours d'une action par le bénéfice par action de cette société. Au départ, elle éprouva un mouvement de panique devant ces jeunes hommes, et puis elle finit par réaliser que leurs travaux n'avaient qu'un intérêt : leur conclusion. Vendre-acheter-conserver. Et ça, elle comprenait. Elle se calma donc, et fit connaissance avec les autres : les gestionnaires de fortune, les traders qui s'amusaient sur les blocs d'actions, les spécialistes du marché obligataire, des options, et de tas d'instruments bizarres.

Elle n'avait pas tout compris, mais elle s'était convaincue que ces gens étaient dans leur ensemble un peu vieux, à l'image des locaux. Elle fit tout rénover, utilisant le marbre, le rose pastel et les stores en abondance. Des ordinateurs surgirent de tous les côtés, sans que les secrétaires aient été formées. Enfin, elle engagea son équipe à fréquenter le Gymnase Club, et à changer de tailleur. Elle sélectionna elle-même le nouveau personnel, choisi avant tout sur sa bonne humeur, la dureté de ses abdominaux et la qualité de ses chemises. Pour Viviane, ces critères en valaient d'autres.

Au bout du compte, le cadre de travail s'était nettement amélioré, de même que l'image de marque de la charge. Mais son mari croulait sous les dettes. Heureusement, la grande folie financière, la hausse vertigineuse des transactions et des cours les avaient sauvés du gouffre. Les investissements réalisés inconsidérément leur avaient même permis de gagner de jolies parts de marché. Viviane tenait bien son rang, ingurgitant livres et conseils. Elle faisait illusion devant les néophytes. Elle engagea alors une attachée de presse, chargée de la faire passer dans le maximum de journaux écrits, télévisés ou radiodiffusés. Une fois de plus, Viviane avait tapé juste. La fringale d'informations financières du grand public conjuguée à son charme lui ouvrit tous les plateaux. Elle devint une figure financière, ayant même droit à un passage chez Mourousi, un jour où la Bourse avait gagné encore plus que d'habitude. Elle était l'égérie de la hausse et des petits porteurs enrichis, si bien que le matin de sa mort, plus que la tristesse, c'était l'inquiétude qui régnait dans la charge : son mari saurait-il avoir son punch ?

Quand Jean-Louis de Kervalec débarqua, l'air sonné, Michel Boussois, son second, celui qui connaissait sans doute le mieux la maison, se précipita à sa rencontre. Il l'emmena à son bureau, le tenant par l'épaule. Les autres s'étaient tassés contre les murs, remuant leurs gobelets de café d'un air gêné, murmurant ce qui ressemblait à des condoléances.

Boussois ferma la porte.

— Toutes mes condoléances, Jean-Louis. Je suis vraiment désolé.

Jean-Louis sourit tristement.

— Allons, pas entre nous. Je ne sais pas encore si je suis

vraiment touché, mais je sais que dans ton cas, la peine ne domine pas. Te voilà débarrassé d'elle, non ?

Michel le fixa quelques secondes, puis sourit.

— Ma foi, je ne suis pas exactement peiné, c'est vrai. J'avoue que depuis une heure, je me sens allégé. Mais je pense à toi, quand même. Comment te sens-tu ?

— Bizarre. C'est compliqué. Tu sais quand je l'ai épousée, il y a... il y a déjà vingt-trois ans, j'étais fou amoureux d'elle. J'ai quitté Hélène et mon fils sans aucun remords. Elle était belle, toujours en train de gazouiller, de m'amuser. Et puis Aymeric est né, et elle semblait parfaitement heureuse. Un jour, ses gazouillis ont fini par me fatiguer, et elle passait ses soirées à me réclamer de l'argent, une nouvelle voiture, n'importe quoi. Nous avons fini par nous calmer, par trouver un nouveau mode de vie. La passion était oubliée. J'étais habitué à elle, on avait fini par se connaître et s'apprécier. Et elle faisait un bon boulot ici, non ? Alors, je ne sais pas très bien où j'en suis. C'est une situation nouvelle, qui m'angoisse.

— Mais tu sais qu'elle a été étranglée.

— Oui, je sais, je sais. Je ne comprends pas très bien, mais ça m'angoisse encore plus. Les flics vont débarquer, fouiller, me mettre sous le nez tout ce que je ne voulais pas voir.

— Quoi donc ?

Michel avait pris un ton méfiant.

— J'imagine que tu le sais mieux que moi. Bien sûr, je n'en ai jamais parlé, mais il ne faut pas croire que j'ai été complètement abruti toutes ces années-là. Tu me connais, j'ai horreur du scandale, des cris, de l'agitation. J'ai préféré jouer l'innocent ridicule. Je l'ai même encouragée à venir ici, pour oublier tout ça. Et j'ai bien fait, puisque tout est rentré dans l'ordre. Enfin, c'est ce que je croyais.

— Sacré Jean-Louis ! Alors tu savais tout ! Mais tu crois que c'est lié ?

— Comment veux-tu que je le sache ? Elle s'était fait des ennemis, mais de là à se faire tuer... Je te verrai assez bien dans le rôle de l'assassin, un jour où tu aurais forcé sur la Heineken.

— Tu exagères. Je lui souhaitais tout au plus un petit cancer.

— Mouais. Enfin, j'espère que nos affaires sont en ordre. Je sens qu'ils vont éplucher tous les comptes. Il va falloir régler les petits problèmes. Je vais avoir besoin de toi. On n'a pas fait d'entourloupes au moins ces derniers temps ?

— Non, on a suivi sur Bouygues et les privatisées, comme tout le monde. Mais nous n'avons été leaders sur aucune dénoyautisation. On est trop nuls. Et les rumeurs sur Péchiney ne sont jamais arrivées à nous. Heureusement !... Nous sommes hors du coup.

— Dieu merci ! Prépare-moi un état des comptes pour cet après-midi. Je vais aller la voir maintenant.

— Je t'accompagne.

— Non, ce n'est pas la peine. Et puis je vais sûrement tomber sur quelques têtes connues prêtes à me consoler au Palais.

Il descendit les escaliers, puis la rue sans se hâter. Tout semblait calme autour du Palais. Il redoutait les ambulances, les sirènes hurlantes des voitures de flics. Il se rappela qu'il n'était pas à New York, mais à Paris. Il revint sur ses pas, entra dans un troquet et commanda un café et un cognac. Il sortit un cigarillo. L'un de ceux dont l'odeur insupportait tant sa femme.

Il se décida à aller la voir. Le planton de service aux grilles du Palais s'écarta immédiatement, ne sachant que dire. Il grimpa les marches en se répétant : « Je suis veuf, je suis veuf », en essayant de comprendre la signification de ce mot. Il n'y arrivait pas. Il décida d'aller voir d'abord Mézières.

— Tu as tenu le coup ?

— Oui à peu près.

— Les flics sont en bas. On va y aller. Mais je suis content que tu passes d'abord par mon bureau. Tu veux un cognac ?

Il abaissa les paupières et les releva rapidement.

— J'en prends un aussi. Quelle journée ! Sais-tu ce qui a pu se passer ?

— Je l'ai noyée dans la cuvette remplie de vieille urine, et ensuite je l'ai étranglée.

— Non, sérieux. Écoute, ne sors pas ce genre de phrase devant les flics, ou ils vont te boucler. Es-tu sûr de n'avoir rien à te reprocher ? Rien qu'il ne serait encore possible d'étouffer ou d'arranger ?

— Pas plus que la moyenne, à ma connaissance.

— Tu es certain que la police et les journalistes ne vont pas mettre la main sur un nouveau scandale ? Je crois que le Trésor est très inquiet. Si jamais on déniche un nouveau lézard sous ces colonnes, tout le monde saute : toi, moi, Pinson, et le directeur du Trésor. Le grand public a oublié la Cogéma, Baudoin, et nos pertes, ce n'est pas la peine de nous faire remarquer à nouveau.

— Je ne suivais plus les affaires courantes. Viva, mon fils et Boussois se débrouillaient très bien sans moi.

— Oui, c'est ce que j'ai entendu dire. Mais enfin, ta femme n'avait aucune compétence particulière, ton fils est un incapable, et Boussois est une éponge qui ne se tient droit qu'à coups de scotch.

— Tu le savais très bien avant. Tu ne vas pas me faire la morale maintenant. Tu n'as pas le droit. Et tu exagères. Michel est un bon. Il est en train de plancher sur nos comptes.

— Après tout ce que vous lui avez fait subir, ce pauvre garçon ne se révolte même pas.

— Dis donc, tu as du culot. Je n'ai pas été le seul. Il me

semble même que c'est ton vote qui l'a empêché de devenir agent de change. Tu te souviens de cet épisode, j'espère ? Il avait toutes les qualités requises pourtant. Et vous lui avez refusé ce droit.

— Qui te dit que c'est mon vote qui l'en a empêché ?

— Parce que le non l'avait emporté d'une voix, et que je sais que tu étais contre.

— Il n'était pas assez solide. Ta femme était contre également. Et puis j'ai recalé ton fils trois fois aussi.

— Ça, il s'en foutra. Si c'est lui qui a flingué Viviane, tu seras la prochaine victime. La revanche des pauvres et des exploités. Il va tout faire sauter, punir tous ceux qui l'ont empêché de réussir.

Les petits cognacs produisaient tout leur effet. Il avait chaud, se sentait bien, juste à côté de la réalité. Il avait envie d'asticoter Mézières, et ne pouvait s'en empêcher. Il était vraiment bien. Maintenant, il pouvait aller la voir.

— Arrête tes conneries. Tu crois vraiment que c'est lui ?

— Mais non, mon gros. Tu peux dormir tranquille. Mais qui sait après tout ? *Who knows, who knows ?*

— On ferait mieux d'aller la voir.

— Oui, sans doute. Elle n'a pas été trop amochée ?

Mézières déglutit un peu bruyamment.

— Non.

Séance surprise

SOPHIE regarda sa montre. Midi dix. Tout était terminé ou presque. L'ambulance allait pouvoir emporter le corps. Elle était étrangement excitée. Elle revenait au cœur de la finance, munie d'une carte tricolore et de quelques souvenirs d'enfance. Son père avait été un financier redoutable et riche. Elle avait fui de chez elle à vingt ans, pour ne pas devenir comme les gens qui l'entouraient, et retombait sur ses pattes après une longue boucle. La situation convenait parfaitement à sa vision ironique de la vie : « Nous nageons en plein Hegel », se dit-elle. C'est alors qu'elle vit revenir le président de la Bourse, qui lui tapait déjà sur les nerfs. Il était suivi par un homme éteint et légèrement bedonnant.

— Inspecteur, je vous présente Jean-Louis de Kervalec.

— Bonjour, monsieur. Permettez-moi de vous présenter mes condoléances. Je suis Sophie Devernois, chargée de l'enquête.

Il commençait à en avoir assez de toutes ces condoléances. En plus, personne n'avait l'air de le penser réellement. C'était un automatisme de plus, aussi stupide que « bonjour ». Comme si cela pouvait lui être d'une quelconque utilité. « Il faut t'y faire, mon vieux. C'est le calvaire du veuf qu'il faut supporter vaillamment. Il faudra t'astreindre pendant quelque temps à regarder les gens tristement. »

Il avança vers les toilettes et eut un choc. Une caricature de Viviane se présentait à lui : froide, pâle et bleue à la fois. Un bloc de marbre. Il se détourna. Mézières commençait à s'agiter.

— Madame l'Inspecteur, serait-il possible de dégager tout ça ? La séance va bientôt commencer, à midi trente. Il y aura du monde, la presse, la télé. Ce n'est peut-être pas la peine de leur exposer ce..., ce problème.

— Vous croyez ?

Elle se sentait investie soudain d'un pouvoir, celui de perturber une séance de bourse. L'empêcher, peser sur les cours de l'histoire, même, qui sait ? Mais à quoi bon...

— Ne vous en faites pas, nous avons terminé. Les indices ont été ramassés, les empreintes aussi. Je vais laisser un policier devant la porte. Personne ne doit y pénétrer.

— Bien. Si vous voulez, je peux vous prêter un de mes gardes. Ce serait plus discret.

— Non merci, les miens feront très bien l'affaire.

— Êtes-vous déjà venue ici ?

— Non.

— Mais alors, je vais vous faire visiter. Vous allez voir, c'est très intéressant.

Le bruit aigrelet d'une cloche, lui rappelant ses années de pensionnat, retentit alors. 12 h 30. La séance s'ouvrait. Sous l'immense voûte du palais Brongniart, des petits groupes d'hommes discutaient tranquillement. Un unique tableau de cotation, rejeté dans un coin, par honte ou fétichisme, faisait seul figure de rescapé de la Bourse de papa. C'était le seul lieu réellement animé. Des garçons d'une vingtaine d'années, en jeans déchirés et portant une boucle d'oreille, couraient dans tous les sens. L'agent coteur inscrivait à la craie le cours des valeurs, résultant de la confrontation de l'offre et de la demande. Chaque société de bourse avait son employé qui recevait les fiches d'achat et de vente autour du tableau. En quelques minutes, le cours du jour se décidait, au milieu des hurlements rappelant ceux du goret aux portes de l'abattoir. Si les acheteurs étaient plus nombreux que les vendeurs au cours d'ouverture, les prix montaient. Lorsque l'offre et la demande arrivaient à s'équilibrer, on avait atteint le cours du jour.

— Mais c'est médiéval ! s'exclama-t-elle.

— Tout au plus un vestige, conservé pour amuser la galerie, et rassurer les vieux professionnels que nous sommes. Vous seriez venue ici il y a un an, vous auriez trouvé une animation fantastique. La plupart des valeurs étaient alors cotées ainsi, avec un bâton de craie, et des cris. Désormais, l'essentiel de l'activité se fait avec les systèmes informatiques. Ce n'est même plus la peine de venir ici, d'ailleurs c'est presque désert. J'évite d'y passer moi-même, car ça me chagrine toujours un peu. Mais suivez-moi, pour voir notre marché sur options.

Ils s'avancèrent pour découvrir le « Monep », un marché entièrement informatisé, tenu par des jeunes hommes en chemise et cravate rayées. Très british. Rien à voir avec les commis négligés, qui s'égosillaient à l'autre bout de la salle. Là régnaient les téléphones portés sur des bornes rondes, et les écrans informatisés. La bourse new-look occupait maintenant l'essentiel du Palais : elle avait été installée sur les décombres de la séculaire corbeille, détruite depuis un an, et remplacée ensuite par le silence et la grisaille.

— C'est encore nouveau pour nous, ces options. Vous connaissez ?

— Non pas du tout. Je ne lis jamais les rubriques financières. C'est un principe.

— Mais c'est un tort. Vous êtes une ancienne gauchiste ? Non je plaisantais, ne vous vexez pas. Je vais quand même essayer de vous expliquer. Acheter une option, c'est acheter le droit d'acheter une action d'ici dix jours, un mois ou trois mois, à un cours fixé aujourd'hui. Vous ne payez que le prix de l'option, qui est faible. Si, dans les trois mois, le cours de l'action monte, vous exercez votre option et vous faites une très bonne affaire. Sinon, vous ne faites rien, et vous ne perdez pas grand-chose. Amusant, non ?

— Oui, on dirait. Mais à qui achetez-vous vos actions ?

— À quelqu'un qui les a en stock. Il encaisse le prix de l'option dans tous les cas. Mais s'il doit livrer les titres à l'acheteur, il peut perdre beaucoup. En fait, c'est assez dangereux.

— Ne vous en faites pas, je ne touche pas à la Bourse.

— Vous devriez essayer. Je vous le dis objectivement. Il y a ici un frisson que l'on ne trouve plus en beaucoup d'endroits. On est encore plus sauvages que le Paris-Dakar. Pourquoi se refuser ce plaisir ?

— Pour des raisons personnelles. Strictement personnelles. Et puis aussi parce que ma vie me réserve suffisamment de frissons, peut-être.

— Voilà qui devient intéressant.

— Oui, mais c'est moi qui pose les questions. Et je ne suis pas tenue de répondre aux interrogations des autres.

Finalement, elle le trouvait plutôt sympathique. La cinquantaine aux yeux bleus qui ne pouvait s'empêcher de faire du charme. Voilà qui faciliterait l'enquête.

— Allons suivez-moi, je vous emmène vers l'Enfer.

Il fallait prendre un ascenseur pour s'y rendre. L'enfer se situait dans les hauteurs.

— Voilà, notre Matif, notre petite merveille.

— Le lieu des scandales, c'est bien ça ? Les centaines de millions de francs évaporés ?

— Eh oui, c'est là. Vous voyez que vous lisez les rubriques financières de temps en temps. Vous voulez entrer ?

— Je ne risque rien ?

— Non. À votre âge, en général, la vertu n'est plus qu'un lointain souvenir.

Les gardes qui contrôlaient sévèrement l'entrée, s'écartèrent. Et là, Sophie retrouva l'activité frénétique qui pour elle était synonyme de bourse et d'argent. Une assemblée de jeunes yuppies s'égosillaient de tous les côtés. Une clameur frénétique. Au centre, autour d'une petite corbeille, des chemises rayées, remontées au-dessus des coudes, se contorsionnaient, des mains s'agitaient désespérément, les têtes tournaient dans tous les sens. Des gradins les entouraient, remplis par des jeunes gens tout droit sortis d'une publicité pour Wall Street. Ils répondaient au téléphone et faisaient des gestes à leurs camarades autour de la corbeille, le « pit » comme on dit. Le tout donnait une impression d'activité intense, comme si le sort de la planète en dépendait. Seul havre de paix, une cafétéria insonorisée, réservée à leur usage, permettait à ces golden boys de se restaurer, sans qu'ils aient à perdre leurs précieuses secondes.

— Alors, qu'en pensez-vous ?

— Impressionnant. Que font-ils au juste ?

— Ils spéculent sur l'évolution des taux d'intérêt. C'est très éprouvant. Il faut à la fois avoir de bons réflexes intellectuels, et ne pas aller contre le marché, même lorsqu'il se trompe. Par exemple, lorsqu'un ministre japonais déclare que le yen est sous-évalué, cela peut sous-entendre que la banque du Japon va relever ses taux pour attirer les investisseurs sur sa monnaie. Donc, pour acheter du yen, ils vont vendre du dollar, et ce dernier va baisser. Les Américains seront alors obligés de relever leurs taux, et le mouvement, telle une vague incontrôlable, se propagera en Europe. Mais les taux français ne réagissent pas forcément sur ce schéma prédéterminé, et certains peuvent se tromper. D'autant plus que le ministre japonais qui avait semé le bordel peut être contredit dix minutes après par un de ses collègues. Du coup, certains opérateurs ne fonctionnent qu'au feeling, et s'en tirent très bien. Certains sont des intoxiqués complets, qui surveillent leurs positions la nuit chez eux sur leurs ordinateurs personnels. Car le niveau des taux d'intérêt évolue sans arrêt : quand Tokyo ferme, l'Europe ouvre, puis passe le relais à New York, qui à nouveau le passe au Japon. Le cercle dans toute sa perfection.

— Que veulent dire ces signes ?

Sophie désignait deux hommes, qui semblaient communiquer comme les plongeurs au fond de l'océan, en agitant les doigts et les bras.

— Je les appelle les sémaphores. C'est pour aller plus vite. Celui qui est au téléphone transmet l'ordre d'achat ou de vente à celui qui est sur la corbeille : la position de la main indique les prix et la quantité. Cela leur évite d'avoir à courir dans la cohue qui règne entre le téléphone et le pit. Ils gagnent trois secondes. C'est essentiel sur un marché où les prix varient sans cesse. En deux secondes, une opération peut devenir gagnante ou perdante.

Elle regardait, ahurie.

— Allons venez, j'ai un rendez-vous.

Ils redescendirent, se saluèrent.

— Et je reste à votre disposition.

Après son départ, Sophie se promena encore un peu dans le Palais. Elle essayait de comprendre ce qu'on voyait sur les écrans de télévision fixés tout autour de la salle. Des chiffres y clignotaient, changeaient toutes les cinq secondes : les valeurs des actions cotées sur le marché continu, informatisées. Elle remarqua bientôt un homme qui la fixait. Elle le regarda à son tour. Elle le connaissait, mais n'arrivait pas à retrouver son nom, pas plus que les conditions de leur précédente rencontre. Il s'avançait vers elle.

— Bonjour, Sophie.

La voix ! Elle n'avait pas changé. Toujours aussi basse et chaude, accompagnée par ce regard calme qui la regardait droit dans les prunelles avec sympathie.

— André ! Mais que fais-tu ici ?

— Mais c'est toi qui est chez moi.

Ils s'embrassèrent avec plaisir.

— Tu travailles ici ?

— Oui. Enfin, pas ici directement. Je surveille tout ce petit monde à la Commission des opérations de bourse. La COB, le gendarme des marchés financiers, le Zorro, qui défend la veuve et l'épargnant orphelin contre les vilains qui tentent de les abuser.

— Ça doit bien t'aller. Comment as-tu abouti ici ?

— C'est une longue histoire que je me ferai un plaisir de te raconter, ce soir si tu veux. À moins que tu n'aies des devoirs familiaux...

— Non. Et pourquoi pas maintenant ? Je meurs de faim. Montre-moi un restaurant typique.

— Typique de quoi ?

— Mais de la Bourse, bien sûr.

— O.K. Mais que fais-tu ici ? Tu m'interroges, mais tu ne dis rien.

— J'enquête.

— Tu as perdu de l'argent, et tu veux savoir comment s'y est pris le malfrat ?

— Non, j'enquête sur Viviane de Kervalec.

Il la regarda, étonné.

— Je suis flic.

Elle devint toute rouge. Lui tout blanc.

— Non !

— Si.

— Excusez-moi, lança quelqu'un derrière elle.

Elle se retourna. Un petit bonhomme venait de lui rentrer dedans. Il était rouge, tout essoufflé. Elle connaissait cette tête et cette voix. René Tendron arrivait pour commenter la séance boursière sur les écrans de TF1. Il courait toute la journée. Sa vie débutait le matin sur Europe 1 à 7 h 55, pour sa chronique économique, se poursuivait dans son agence de presse financière, qui éditait revues et lettres confidentielles, continuait sur TF1, puis par quelques animations de colloques, avant que, tard dans la nuit, il ne se retrouve à la radio pour donner le top à Wall Street. Il était une véritable PME à lui tout seul, déléguant à tour de rôle à une équipe de journalistes ses diverses fonctions. Il était en train de parler dans un petit téléphone avec la régie finale de TF1. Le journal avait débordé, ils ne pouvaient le passer tout de suite à l'antenne. Tendron, qui avait au moins quatorze rendez-vous ensuite, hurlait de colère. S'ils ne lui passaient pas l'antenne immédiatement, c'était Jean Le Berre qui allait prendre sa place dans le studio, pour Antenne 2. Il faudrait attendre cinq minutes, il y aurait un blanc dans le journal télévisé. TF1 sentit le danger et secoua le présentateur Jean-Pierre Pernaud. Tendron put sourire à la caméra.

— Bonjour. C'est à nouveau une belle séance qui se déroule à la Bourse de Paris. Les valeurs, grâce à la hausse de Wall Street vendredi, et de Tokyo ce matin, sont presque toutes en hausse. L'indicateur de tendance progresse de 1,02 %. Le climat monétaire redevient favorable. Des rumeurs indiquent en effet que les gouverneurs des banques centrales des principaux pays industrialisés seraient prêts à collaborer pour calmer les soubresauts du dollar et du yen. Il s'agit là d'une excellente nouvelle, qui nous prouve une fois de plus que nos dirigeants peuvent être sages, quand cela est nécessaire, et que les pessimistes n'ont pas toujours raison. Parmi les valeurs en forte hausse aujourd'hui, signalons la Compagnie coloniale ainsi que la banque Champsaur, qui font partie du même groupe, et qui retiennent particulièrement l'attention des investisseurs ces derniers temps. Eurotunnel est à nouveau fort demandé. Ces bonnes nouvelles ne peuvent toutefois nous faire oublier que vendredi dernier, une femme remarquable, qui a beaucoup fait pour le développement de l'actionnariat populaire, Mme de Kervalec, a été assassinée ici même. On ne sait pas grand-chose sur les circonstances du drame, mais les esprits en sont tout retournés. Je ne manquerai pas de vous tenir au courant des suites de l'affaire. C'était René Tendron pour TF1 à la Bourse de Paris. Demain, vous retrouverez Marie-Laure Cittanova.

C'était la première fois que Sophie assistait à un enregistrement télévisé. Elle était à côté de Jean Le Berre, qui faisait de grands gestes à Tendron, pour obtenir qu'il se dépêche. Tout était vraiment minuté. Quand elle tourna la tête, André avait disparu. Il s'était réfugié dans un coin, où il discutait avec un homme. Ils avaient des mines de comploteurs. Ne sachant trop que faire, elle s'absorba dans la contemplation des peintures, façon XIXe siècle, encore plus encrassées que celles de la chapelle Sixtine avant leur restauration, qui entouraient la verrière du plafond. Le Palais se donnait ainsi des airs d'opéra italien.

André revint vers elle.

— C'était un journaliste. Il essayait d'obtenir des informations sur une enquête que nous avons lancée contre un de ses amis.

— Contre un journaliste ?

— Oui. Nous avons décidé de faire un exemple dans cette profession. Ils ont été contaminés par les professionnels. Ils pratiquent avec constance, et avec la meilleure foi du monde le délit d'initié.

— Ils trichent ?

— Non, pas vraiment. Quand ils obtiennent une information qui peut influer sur le cours du titre, certains achètent parfois des actions pour eux, puis publient l'information, qui fait monter le cours, et alors ils revendent. Parfois, la manipulation est encore plus grossière : ils publient des articles dithyrambiques sur des sociétés qu'ils ont en portefeuille pour pousser leur valeur.

— Vous ne pouvez rien faire contre cela ?

— C'est difficile : ils savent que nous enquêtons parfois sur eux, donc ils remplissent auprès de leur agent de change une déclaration, comme quoi ils ne sont pas responsables de leurs achats de titres. Pour nous ça devient difficile de faire la preuve des combines. Et ils ne sont pas vraiment responsables : presque tout le monde agit ainsi, et leurs journaux sont parfois les premiers responsables des informations douteuses qu'ils communiquent aux épargnants. Ils savent que s'ils publient un article incendiaire contre telle banque, ou tel assureur, ils vont perdre des millions de francs en recette publicitaire. Alors, ils ne publient que ce qui est inoffensif, ou ce qui ne leur fera pas perdre trop de publicité. Quand un groupe comme Hachette-Filipacchi rachète *Mieux Vivre,* quand le groupe de Jean-Louis Servan-Schreiber, *L'Expansion,* reprend *La Vie française,* c'est pour quoi ? Pour la pub financière, pas pour les recettes des ventes. Alors tu comprends : ils ne laisseront pas écrire n'importe quoi dans leurs colonnes.

— On y va ?

Elle jeta un dernier coup d'œil sur le niveau de l'indice CAC 40, le nouveau témoin du marché qui indiquait minute par minute les variations de cours. Il était maintenant en hausse de 1,09 %, ayant gagné quelques fractions depuis l'intervention de Tendron. Elle se sentait mal à l'aise en un lieu dont elle ne maîtrisait ni la technique, ni les mentalités. Pourquoi ces écrans de télévision sillonnés de chiffres clignotants n'arrêtaient-ils pas de trembler ?

Ils sortirent. En fait de restaurant typique, il y avait le choix entre le Vaudeville et Gallopin. Elle connaissait le premier, ils allèrent donc à l'autre. Avec son large comptoir en bois auquel étaient attablés quelques boursiers et sa salle bruyante pleine d'une population parfaitement homogène, c'était l'observatoire rêvé pour ce milieu. Un groupe de trois jeunes gens, aux cheveux mi-longs coiffés en arrière, aux chemises rayées de blanc et de vert vif, attirait l'attention par son exubérance.

— On s'en est quand même foutu pour quatre ticks à nous trois.

— C'est rien à côté de la paume que je me suis morflé ce matin. J'avais laissé une position overnight vendredi. Je te dis pas l'enfer.

— T'es vraiment le spielder fou, toi.

— Ouais, je serai milliardaire ou clochard.

Sophie écoutait discrètement la conversation, et finit par abandonner.

— C'est moi qui suis givrée, ou il est normal de ne rien comprendre ?

André éclata de rire.

— Je crois que c'est relativement normal. Je vais te faire une explication de texte : ces garçons travaillent sur le Matif, et ils sont ce que Paris a pu produire de plus approchant du modèle de golden boy new-yorkais. Quand tu entends dire « tick », tu traduis par 250 francs. C'est l'unité de base des comptes sur le marché à terme. La « paume » c'est une perte, et la position « overnight », c'est quand tu ne liquides pas le soir une de tes positions spéculatives. C'est dangereux, parce que dans la nuit, les prix bougent à Chicago puis à Tokyo. Si tu t'es planté, ça peut faire très mal. C'est peut-être comme ça que la

Chambre syndicale des agents de change a perdu ses 600 millions de francs.

Ils commandèrent des rognons à la moutarde, avec un petit Bourgueuil. André la fixait, l'air quelque peu mal à l'aise. Il brûlait de lui demander comment elle s'était retrouvée dans la police. Il est vrai que lui-même s'était bien retrouvé un jour analyste financier, et maintenant gendarme du marché. Elle avait bien vieilli, toujours mince. « Une bonne bouteille », se dit-il. La tenue BC-BG, le petit tailleur gris qu'elle portait, lui allait très bien, des anneaux d'argent aux oreilles, des cheveux courts : elle lui plaisait toujours autant. Quand ils s'étaient quittés, elle portait encore ces horribles jupes longues, mauves, et ces colifichets de tous les côtés. Et il trouvait ça très bien. Combien d'années, déjà ? Presque quinze. Ils vivaient dans une grande maison, tout près d'Aix-en-Provence. Une communauté, où s'étaient réfugiés une dizaine de fils de bonne famille, comme eux. Ils allaient distraitement à l'université, faire psycho ou histoire, ils travaillaient un peu, ils fumaient pas mal. Et ils s'éclataient bien, comme ils disaient. Bah, ce n'étaient pas leurs plus mauvaises années, après tout. Sauf à la fin, quand ils s'étaient rendu compte que ça ne les menait nulle part. À la fin d'un été, où ils s'étaient trop ennuyés, la moitié d'entre eux s'était envolée, retournant dans le ciel parisien. Il avait fait partie du lot. Sophie était restée, parce qu'elle était entêtée. Elle comptait rentrer à l'école normale de Draguignan, pour s'occuper des enfants, les préparer à la vie et au bonheur. Que s'était-il donc passé ?

Sophie percevait un trouble chez son compagnon. Il s'était laissé aller. Il avait un peu de brioche. Les Gymnase Club n'avaient pas réussi à le convaincre. Il n'était pas très bien habillé et conservait un petit côté archaïque, une tête à boire du scotch pur malt le soir en rentrant chez lui, à passer ses vacances en Écosse à pêcher le saumon. Ses traits s'étaient épaissis, mais ils restaient réguliers. Ses yeux étaient toujours aussi noirs, ses sourcils qui le féminisaient et le rendaient si attirant, étaient toujours aussi longs. Mais c'était peut-être sa bouche qu'elle aimait, qu'elle avait aimé le plus. Des lèvres épaisses, sensuelles. Elle se rappela qu'elle l'appellait parfois « Mick ».

— Pourquoi es-tu parti ?

— Pourquoi es-tu flic ?

— Pour les mêmes raisons qui me poussaient à devenir institutrice. J'avais réussi le concours, tu sais. Et au bout de trois mois, j'ai laissé tomber. Je n'aimais pas les autres filles, je n'aimais pas ce qu'on apprenait et j'ai réalisé que passer trente ans dans un cours préparatoire ne me disait rien. Alors je suis rentrée à Paris. J'ai fait des petits jobs. Et je suis passée devant une affiche qui présentait le concours d'entrée dans la police. Ma foi, j'avais toujours adoré Simenon et miss Marple, et je me suis dit que pour faire bouger la société, on ne pouvait faire mieux que changer sa police. Si les gens comme nous refusent d'y aller, qui ira ? Les salauds, les réacs. Après, ils nous tapent sur la gueule quand on croit faire la révolution, mais c'est entièrement de notre faute. J'y suis allée, et j'ai réussi.

— Et tu as changé beaucoup de choses ?

— Oui. Les suspects qui me passent entre les doigts n'en ressortent pas brisés en petits morceaux. Pour eux, c'est déjà énorme. J'envoie aussi ma contribution à l'Unicef, à Médecins du Monde et Médecins sans Frontières, pour ne pas faire de jaloux. J'ai aussi contribué aux Restaurants du Cœur. Une vraie petite révolutionnaire.

— Tout à fait, camarade. Vous aurez vos deux étoiles et votre coin au Paradis. C'est peut-être toi qui as eu raison. Tu as sûrement été plus utile que moi.

— Oui, toi, regarde-moi dans les yeux, et dis-moi ce que tu as fait.

— Quand j'ai quitté Aix, ce n'était pas par hasard. En

fait, j'avais passé le concours d'entrée à Sciences po, sans vous le dire. Et j'avais été admis.

— C'était ça, les trois jours mystérieux d'absence ?

— Oui. Tu t'en souviens encore ?

— Oui. Je croyais que tu avais fait une conquête, que tu me trompais. J'ai cru que tu étais parti pour la retrouver. Pourquoi ne m'avoir rien dit ?

— Parce que j'avais honte. Je pensais que tu me mépriserais.

— Tu n'avais pas tort. Continue.

— Donc, je suis revenu ici. Mes parents étaient tellement heureux de voir mon nouvel état d'esprit qu'ils m'ont installé dans un joli petit studio rue de Seine, et qu'ils m'ont alloué une mensualité fort généreuse. J'ai mené une vie de bourgeois friqué militant au PSU pendant trois ans, je suis rentré dans une banque, et puis j'ai été engagé par un agent de change. Un jour, toutes leurs pratiques m'ont dégoûté à un point tel que je ne pouvais plus me regarder dans une glace. Alors, moi aussi, j'ai voulu les réformer. Et depuis trois mois, je suis un des vaillants petits inspecteurs de la COB.

— En somme, nous étions faits l'un pour l'autre. Des réformateurs qui font presque le même métier.

— Pas avec les mêmes moyens.

— Alors, on va faire équipe ?

— Madame, je ferai tout ce qui est en mon pouvoir pour vous être utile.

— Parfait. L'addition s'il vous plaît ! C'est moi qui invite et tu te tais.

Poussée de fièvre rue de Rivoli

— QUE sait-on de la morte, Sureau ?

— Viviane de Kervalec, née Moroni, quarante-cinq ans, brune, yeux gris-verts. Mariée depuis vingt-trois ans à Jean-Louis de Kervalec, agent de change. Un fils, Aymeric, dix-huit ans, et un beau-fils, Charles, du premier lit de monsieur. Décédée des suites d'une strangulation vendredi, entre 13 h 30 et 15 heures.

— Bref, femme banale.

— Pas exactement. Son casier judiciaire est vierge, mis à part quelques contraventions pour excès de vitesse, mais elle a été signalée à la brigade des mœurs pour prostitution et proxénétisme.

— Quoi !

— Il y a douze ans, cette dame a fait partie d'un réseau très chic, vous savez le style *Belle de Jour,* les bourgeoises qui s'ennuient l'après-midi. Elle œuvrait essentiellement dans les milieux d'affaires. Elle est même devenue maquerelle, et organisait des soirées légères dans le pavillon de chasse du baron de Champsaur. Ses petites sauteries étaient alors appréciées. Enfin, c'est ce qu'on m'a dit, parce que moi, je n'y connais rien.

— Arrêtée ?

— Non, jamais. Le baron de Champsaur est un homme

puissant. Les Mœurs m'ont affirmé qu'elle a stoppé toutes ces activités environ six mois avant d'aller travailler avec son mari.

— Ça ne va pas nous faciliter l'enquête. Le champ des suspects s'élargit.

— Pourquoi ? Le meurtre a été commis dans l'enceinte du Palais. Pour y pénétrer, il faut une carte ou une accréditation. Donc, c'est un familier de la finance qui a fait le coup.

— Ne faites pas votre tête d'âne, Sureau. Où avez-vous vu que les contrôles d'identité étaient efficaces ? Parfois, je me demande si vous êtes vraiment un flic.

— Mais non, écoutez, j'ai observé les vigiles, et je peux vous assurer qu'ils contrôlent scrupuleusement. Il est pratiquement impossible de les blouser.

— Vous voyez, vous m'avez dit pratiquement. Donc c'est possible. Donc ce sera compliqué.

— Ah ! vous n'allez pas commencer à vous énerver !

— Excusez-moi, mais vous savez qu'au début d'une enquête, je suis toujours dans un état de nerfs épouvantable.

— Si c'était seulement au départ, ce serait pardonnable. Mais je crois vraiment que vous avez un caractère soupe au lait.

— Taisez-vous, ou je vous fais muter à Guéret.

— Dans la Creuse ?

— Oui, dans la Creuse.

— Bon, je me tais.

Sophie se renversa sur sa chaise, jeta un coup d'œil sur la Seine, à travers la fenêtre. Quelles étaient les données du problème ? Une femme d'agent de change assassinée. Moitié Madame, moitié banquière. Elle connaît toute la finance du pays, a couché avec une bonne moitié d'entre elle et a dû apprendre ainsi pas mal de secrets. Donc potentiellement dangereuse. Ça fait déjà un bon paquet de suspects. Il faut y rajouter ses anciens amis du milieu. Et le baron de Champsaur. Ce vieux grigou était un des meilleurs amis du père de Sophie. Elle l'avait toujours détesté. Le retrouver dans un rôle pareil ne l'étonnait pas. Si seulement il pouvait être coupable !

— Au fait Sureau, son mari était-il au courant de ses activités ? Pourquoi n'ont-ils pas divorcé ?

— D'après les Mœurs, le mari est un brave benêt, qui n'a jamais rien su.

— Impossible. Comment peut-on être aveugle à ce point-là ?

— L'après-midi, il travaillait.

— Et les week-ends ?

— Il faisait son golf ou son polo. Ou elle mentait très bien, ou elle restait à la maison.

— Vous allez me le convoquer rapido.

— Vous croyez que c'est lui ?

— Méfions-nous toujours des cocus. Il prépare peut-être sa vengeance depuis dix ans. Tout seul, dans l'ombre de son bureau. Chaque après-midi, il a inventé un nouveau stratagème. Il l'étouffait, il la poignardait, il la faisait violer puis assassiner dans un parking désert. Il faisait exploser l'avion qui l'emmenait aux Baléares. Il l'empoisonnait avec des champignons, ou il mettait de l'arsenic dans ses vitamines C.

— Et vous voulez qu'il vous avoue tout ces crimes quand ?

— Demain matin. Et j'irai à son bureau. Pour ne pas l'effrayer.

— Dites plutôt par curiosité. Et si ce brave homme avait l'intention de savourer son chagrin chez lui ?

— Eh bien moi, j'ai envie de voir ses bureaux, de voir

où elle travaillait. A propos, quand aura lieu l'enterrement ?

— Dans deux jours. A Vannes, dans le caveau familial.

— Après tout ce qu'elle lui a fait ? Soit il était vraiment amoureux, soit il est redoutablement hypocrite.

— Soit c'est un homme qui veut respecter les traditions, soit il ne savait vraiment rien.

— Possible. Bon, arrangez-moi ce rendez-vous et secouez-moi le labo pour avoir les résultats des analyses demain. Je retourne voir le syndic. Je suis sûre qu'il a des tas de révélations intéressantes à me faire sur Viviane. Ah, et réservez-moi une place de train pour Vannes. Les enterrements sont parfois amusants et instructifs.

Sophie sortit du quai des Orfèvres. Les bateaux-mouches étaient à moitié pleins, le soleil de fin avril était doux, elle décida que la première urgence était d'aller prendre une glace chez Berthillon. Une vanille-coco. Elle descendit s'asseoir sur le quai de l'île Saint-Louis, léchant le plus lentement possible. Tout de même, retrouver André dans ces conditions, retrouver aussi le milieu de son père. A quoi bon fuir sa vie ? Les révoltes qui l'avaient fait rêver de combattre la société capitaliste, comme ils disaient alors, s'étaient estompées. Elle faisait somme toute partie des privilégiés de la société, grâce à son éducation, et n'éprouvait plus aucun besoin de semer la panique autour d'elle. Son hédonisme naturel l'avait emporté sur le reste, sur sa mauvaise conscience, sur le mépris envers son père. Désormais, elle ne s'énervait plus que contre quelques chiffons rouges, les mêmes que les autres : la pauvreté, l'extrême droite, le racisme, l'injustice. Et la Bourse. Le fric facile la perturbait toujours. À ses yeux, la Bourse était restée le lieu de pouvoir par excellence, celui de l'argent, celui où se gagnent des fortunes dans des spéculations financières. Elle avait été plus que choquée ces derniers mois par les titres de la presse à propos des énormes pertes financières des sociétés, des OPA géantes ou des scandales et délits d'initiés. Autant d'argent foutu, gâché qui aurait pu être investi, qui aurait pu combattre le chômage. Elle se rappela les fureurs qui l'avaient saisie en lisant *l'Argent* de Zola, il y a bien longtemps. Elle le pensait toujours. Depuis son entrée dans la police, elle avait le sentiment d'avoir accompli quelques petites choses utiles, mais là, elle tenait son triomphe : elle allait faire éclater aux yeux de tous la pourriture de ce milieu. Elle allait prendre le syndic d'assaut. Lui faire rendre gorge. Quel était le dernier imbécile qui avait voulu faire rendre gorge à un financier, déjà ? N'était-ce point Dreyfus, un des éphémères ministres de 1981 ? Il s'était attaqué aux Willot. C'était pourtant eux qui avaient gagné. Eux, et leur habile successeur, Bernard Arnault. Elle, elle ne se laisserait pas faire. Elle était heureuse.

Mézières agita la main, repoussant sa secrétaire qui lui apportait une aspirine.

— Oui, Pinson, je serai prudent.

— ...

— Comment, elle est de gauche ? Vous ne pouviez pas me trouver un flic de droite ? Il y a une seule ancienne insurgée à la PJ, et c'est moi qui en hérite !

— ...

— Certes, elle est très sympathique, et mignonne. Mais tout de même.

— ...

— Oui, je sais que Bérégovoy est de gauche. Mais vous auriez pu essayer de le fléchir.

— ...

— Mais moi non plus, je n'ai jamais pu le fléchir. C'est une tête de mule. Je me demande parfois s'il n'a pas juré notre perte à tous. J'essaierai malgré tout de protéger notre réputation. Ne vous en faites pas.

Il reconnaissait bien là le ministre. Dès qu'il pouvait glisser une peau de banane sous les pieds des banquiers ou des boursiers, il le faisait : « C'est pour vous réveiller, pour vous permettre d'affronter la concurrence des Britanniques. Ils seront bien moins indulgents que moi, vous verrez », lui avait expliqué Béré une fois. Il n'avait pas tort, et il tenait là un prétexte en or pour leur faire avaler toutes les couleuvres de la terre.

Pinson regardait Bérégovoy, entouré par son directeur de cabinet, Hervé Hannoun, et quelques-uns de ses conseillers : Claude Rubinowicks, l'un des maîtres-d'œuvre de sa politique financière, André Gauron, chargé de sa communication, et Patrick Careil, l'expert chargé de penser le dénoyautage des sociétés privatisées par Balladur. Alain Boublil, le prédécesseur d'Hannoun était là, lui aussi. Petite boule aux cheveux blanchis sous les calomnies qui l'avaient accablé depuis sa nomination, il avait rendez-vous au ministère bien qu'il ait dû démissionner à la suite de l'affaire Péchiney. Pinson venait d'informer Bérégovoy de l'état de l'enquête. Le ministre conférait maintenant des mesures à prendre.

— Faut-il faire un communiqué pour exiger que la lumièrc soit faite ?

Bérégovoy semblait se parler à lui-même.

— Ce serait sans doute bienvenu. Mieux vaut arrêter la tempête avant qu'elle ne nous atteigne.

Hervé Hannoun, tout en manipulant ses lunettes à épaisse monture noire, venait de donner son opinion.

— Je ne crois pas qu'il soit utile de nous mêler

officiellement de cette affaire. L'opposition essaierait à nouveau de nous faire porter le chapeau, disait André Gauron.

Patrick Careil ne donna pas d'avis. Depuis le semi-échec apparent du raid lancé sur la Société Générale par Georges Pébereau, qui avait de plus viré au scandale politique, il n'était plus très en cour. L'image de Bérégovoy était ressortie très ternie de cette affaire qui avait irrité l'Élysée et réjoui l'éternel rival de Béré, Michel Rocard. Le ministre, depuis, était très méfiant envers son conseiller ès dénoyautages.

— Vous avez sans doute raison. Abstenons-nous. J'espère que cette femme n'avait rien à voir avec nos affaires ? Vous ne la connaissiez pas au moins, mon cher Alain ?

Boublil secoua la tête. Non, il ne la connaissait pas. Ses relations lui avaient coûté cher ces derniers mois. Ancien expert du Parti socialiste pour les questions industrielles, il s'était trouvé en 1981 catapulté à l'Élysée comme conseiller du Président. Il avait défendu les nationalisations à 100 %, quand d'autres comme Jean Peyrelevade, l'actuel P-DG de l'UAP, avaient défendu des positions plus souples. L'establishment économique ne le lui avait jamais pardonné et s'était juré d'avoir sa peau. Lors de son retour à la rue de Rivoli, Bérégovoy l'avait choisi comme directeur de cabinet, suscitant une révolte parmi les inspecteurs des finances du Trésor : pour la première fois, un homme qui n'était pas énarque, un homme qui avait raté l'ÉNA les chapeautait. Ils ne s'en étaient pas encore remis, et avaient contribué largement à la réputation désastreuse qui suivait Boublil à la trace.

La rumeur parisienne l'avait immédiatement désigné comme l'instigateur du délit d'initié qui avait semé le trouble autour du rachat par Péchiney de la société d'emballage American Can. Des bruits repris insidieusement par les journaux de droite, qui avaient ruiné sa réputation, et la suite de sa carrière, alors que rien ne prouvait son intervention dans l'affaire. Le directeur de cabinet et son ministre s'étaient heurtés de front à la loi non inscrite de leur milieu : on peut tout pardonner, sauf de ne pas être énarque, et discret dans ses fréquentations. Depuis, Hervé Hannoun, énarque et inspecteur des finances, avait pris le relais. Les choses étaient rentrées dans l'ordre.

— Faites tout de même attention, dit le ministre d'État. On ne sait jamais. Je ne veux plus courir aucun risque.

— Je crois l'avoir croisée dans un dîner, mais c'est tout. Je n'ai même pas souvenir de lui avoir parlé.

Bérégovoy fit les gros yeux.

— Mon Dieu, j'espère qu'il n'existe aucune photo de cette rencontre. *Le Quotidien* ou *L'Express* seraient capables de l'exhumer pour nous nuire un peu plus. Careil, tâchez de me suivre un peu cette affaire. Mais de loin.

Careil fit un grand sourire au ministre, mais pensa en son for intérieur : « Merde ! Je me colle encore le sale boulot. » Il avait déjà dû suivre le scandale Péchiney, pour découvrir si oui ou non des proches du gouvernement avaient bénéficié d'informations privilégiées avant l'annonce du rachat, et en avaient profité pour spéculer en bourse.

— J'espère que Max Théret n'était pas en relation avec elle !

Max Théret, ancien garde du corps de Trotsky et ancien patron de la Fnac, s'était reconverti dans la finance, où il montait depuis quelques mois des coups tordus : rachat de Pathé pour le compte de l'Italien Giancarlo Paretti, ou spéculation sur Péchiney, affaire dans laquelle il était apparu comme le bouc émissaire. C'est lui qui avait conseillé au meilleur ami de François Mitterrand, Roger-

Patrice Pelat, d'acheter des titres de la société mère d'American Can, Triangle.

— Je l'ai déjà appelé, monsieur le Ministre. Il n'a jamais travaillé avec elle.

— Bonne initiative, mon petit Careil. Vous me soulagez.

Tous les conseillers lui jetèrent un regard satisfait. Il venait de regagner quelques points dans leur estime.

Mézières réfléchissait confortablement assis dans son fauteuil.

— Monsieur le Président, Sophie Devernois est arrivée.

— Faites entrer.

Et voilà, elle allait lui gâcher son après-midi.

— Entrez, entrez. Asseyez-vous. Un scotch ? Perrier ?

— Un Schweppes, s'il vous plaît.

— Alors que voulez-vous savoir ? Vous avez trouvé l'assassin ?

— Oui. Vous.

— Vous avez un humour épatant.

— Excusez-moi, mais je ne suis pas en train de m'amuser.

— Bon très bien. En quoi puis-je vous être utile ?

— Parlez-moi d'elle. Et de Champsaur. La brigade des mœurs nous a transmis un petit dossier croustillant sur eux.

— Vous savez déjà ! Il est vrai que c'est votre job. C'est une histoire regrettable, tout à fait regrettable.

— Dont Jean-Louis était au courant ?

— Officiellement, non. Officieusement, je n'en sais rien. Personne n'en a jamais parlé avec lui, vous pensez bien. Mais le monde est petit, et le nôtre est étroit. Je vois mal comment il pourrait l'ignorer.

Son regard exprimait une nuance de mépris. Celui que l'on a pour un homme que l'on ne comprend pas.

— Vous êtes sûr que personne n'en a jamais parlé avec lui ?

— Franchement, est-ce un sujet de conversation ? Vous vous voyez demander le matin à l'un de vos collègues : « Alors ta femme, elle a ramassé combien hier ? » Allons. Certains d'entre nous ont eu la surprise de la rencontrer en des occasions spéciales. Ils ne s'en sont pas particulièrement vantés, étant eux-mêmes mariés. Nous avons tous nos faiblesses, il est inutile de les étaler.

— Quelles sont les vôtres ?

Il la regarda, l'œil allumé, et vaguement apeuré.

— Cela n'a rien à voir avec votre enquête. D'ailleurs je n'en ai pas. Je suis marié depuis trente ans, avec la même femme, et j'ai deux filles.

— Vous tenez tant que ça à le cacher ?

— Je ne comprends rien à vos insinuations.

Il l'amusait. Elle aimait bien profiter de sa situation pour mettre mal à l'aise les « heureux de ce monde ». Elle se foutait complètement de leurs parties de jambes en l'air, mais leur hypocrisie sur le sujet l'irritait. Et celui-là n'avait pas la conscience tranquille.

— Vous pensez que les Mœurs n'ont aucun dossier sur vous ?

Il sauta de son fauteuil.

— Madame, je n'admettrai pas vos insinuations une seconde de plus. J'appelle le ministre. Il va vous en coûter cher.

Elle éclata de rire.

— Acceptez mes plates excuses, je plaisantais. Vous savez, cela fait partie de mon travail : énerver les suspects.

— Quel mot avez-vous prononcé ? Suspect ? c'est le bouquet ! Je suis sur la liste ?

— Comme tout le monde. Après tout, c'est chez vous qu'on l'a trucidée.

— Doux Jésus ! Mais c'est abominable. J'ai sûrement un alibi. Quand a-t-elle été tuée ?

— En début d'après-midi, vendredi.

— Je suis couvert. Il y avait une réunion au ministère des Finances.

— Très bien, je vérifierai.

Il lui jeta un coup d'œil assassin. Elle jubilait. En voilà un qui allait se tortiller longuement dans ses draps avant de s'endormir.

— Parlez-moi de Viviane.

— C'était la reine des emmerdeuses.

— Des détails !

— Quand elle voulait quelque chose, elle l'avait. Toujours. Quels que soient les moyens nécessaires.

— Plutôt sympathique.

— Insupportable.

— Poursuivez.

— Belle, du charme. Un peu vulgaire. Carrément vulgaire, même. Grands couturiers, diamants et voitures de sport. Rouges évidemment. Elle coûtait très cher à entretenir.

— C'est pour ça qu'elle s'est prostituée ?

— Je ne crois pas. Vous avez vu *Belle de jour ?*

— Oui.

— Eh bien, le personnage de Deneuve lui ressemble trait pour trait. Du moins, c'est comme cela que je me l'imaginais. Je suis sûr que c'est après avoir vu ce film qu'elle s'est lancée dans cette aventure.

— Et le baron de Champsaur ?

— Il appréciait ses charmes à leur juste valeur. C'est vraiment un vieux libertin. On raconte de ces choses sur lui !

— Lesquelles ?

— J'ai bien peur que ce ne soient que des rumeurs malveillantes.

— Ce sont mes préférées. Allez-y, je ne dévoilerai pas mes sources.

— Eh bien voilà. Il possède un petit pavillon de chasse, près de Fontainebleau. Et c'est là qu'il organisait des petites réunions. Avec ses amis, mais surtout avec ses ennemis, ou ceux qui le gênaient en affaires. On dit qu'il prenait beaucoup de photos compromettantes. Très compromettantes même.

Elle ouvrait des yeux très étonnés. Le vieux baron, si poli, si distingué. Son père avait été mêlé à ces histoires ?

— Et vous avez des noms ?

— Non, bien sûr.

Mézières termina sa phrase sur un léger sourire, ayant adopté le ton très mondain qu'il employait d'habitude pour commenter ses parties de golf. Il avait repris confiance en lui. Le président de la Bourse était dans son domaine, sa maison, dans cet immense bureau de style Empire qui surplombait la rue du 4-Septembre.

— Vous avez l'air surpris, madame. C'est pourtant une pratique commune dans les affaires. À votre âge, et dans votre branche, on doit avoir vu bien pire, non ?

Comment lui dire que, par ricochet, cette affaire la touchait personnellement et la ramenait vingt ans en arrière ? Il n'avait pas besoin de le savoir. Qu'il la prenne pour une oie blanche, si ça lui chantait.

— Je croyais que les règles d'accès à la Bourse étaient très strictes, qu'il valait mieux ne pas avoir de casier judiciaire. Pourquoi lui avez-vous ouvert les portes ?

— Mais enfin, Viviane n'avait pas de casier. Et chacun est libre de mener sa vie privée à son gré. Ne comptez pas sur moi pour faire régner l'ordre dans les alcôves.

Il remuait la tête, avec l'air profondément peiné de celui qui se voit accuser de légèreté, et en a l'habitude.

— Ses affaires marchaient bien au moins ?

— Nous traversons actuellement une conjoncture, non pas difficile, mais... délicate. Vous vous rappelez, le krach d'octobre 87. Il n'a pas eu de grandes conséquences, sauf pour nous. Nous avions vécu cinq années de rêve ; tout grimpait, n'importe qui gagnait des millions en claquant des doigts. Dès qu'on posait un micro devant moi, j'affirmais que tout continuerait comme ça. En 1983, les cours ont augmenté en moyenne de 60 %. Les achats d'actions ont également explosé : ils ont été multipliés par 2,5 en quelques années. On versait des salaires en or et des primes de fin d'année équivalentes à deux ans de salaire. On engageait, on s'agrandissait, on se modernisait. C'était la folie. Et puis plouf. Le krach. Chute des transactions. Chute de nos revenus. Une bonne partie des charges se sont retrouvées à deux doigts du dépôt de bilan. La plupart d'entre elles se sont vendues à des banques. Et c'est partout pareil : à Londres et New York, on ferme, on licencie.

— Mais pourtant, les cours sont remontés.

— Les cours, oui, mais la confiance est restée au fond. Les gens sont devenus prudents.

Ses yeux pétillaient. Ce grand bavard adorait s'entendre parler.

— Les Kervalec ont été rachetés par une banque ?

— Non, je ne crois pas.

— Pourquoi ?

— Eh bien, parmi les charges qui ont voulu rester indépendantes, vous avez celles qui se trouvaient très fortes, et pensaient pouvoir résister, et celles qui étaient tellement affaiblies qu'elles ont fait fuir les acheteurs. Les vermoulues, quoi.

— Et les Kervalec ?

— Vous touchez au secret professionnel, mais ce qui est officiel est qu'ils souhaitaient se vendre. Ils ont eu des contacts très avancés avec une banque au nom prestigieux. La vente était presque signée, quand le banquier est parti en courant.

Il la regarda. Ah, je viens de te jeter un bel os, ma mignonne, semblait-il lui dire. Ce n'est pas très convenable de ma part, mais les intérêts de la corporation passent avant ceux de Jean-Louis. De toute façon, tu l'aurais appris, et je vais gagner ta confiance. Il jeta un coup d'œil à sa montre.

— Vous avez tout ce que vous voulez ? Je dois vous quitter.

— Je ferai sans doute encore appel à vos lumières, dit Sophie en se levant. Inutile de me raccompagner. Je commence à connaître le chemin.

Dehors, il faisait toujours aussi bon. Elle avait besoin de réfléchir. Elle se dirigea vers la galerie Vivienne, toute proche, un de ses lieux préférés. Elle emprunta la rue de la Banque, alla flâner chez Jean-Paul Gaultier. Elle se sentait incapable de porter ses vêtements, mais avait toujours plaisir à les regarder. Ce magasin la fascinait. Immense, empli de vide, avec ses écrans vidéos incrustés dans le sol. Elle feuilleta les cintres sous le regard des vendeurs désœuvrés, déguisés en coureurs cyclistes. Il y eut bien une ou deux petites choses qui l'attirèrent, mais sans plus. Et les prix étaient vraiment abominables. Elle avait envie de craquer, pour le seul plaisir de poser une griffe JPG dans son placard. Elle se força à sortir, et se lança sous les arcades Second Empire de la galerie. Son salon de thé préféré lui tendait ses fauteuils. Les femmes attablées étaient vêtues de noir et n'allaient que chez les créateurs. Elle commanda un darjeeling et une tarte aux noix, alluma une Camel. « *Résumons-nous, entre ses amants et ses relations d'affaires, comment vais-je trouver mon coupable ? Ce ne sera pas du gâteau. Sans compter la famille.* » Elle allait attendre l'enterrement pour faire leur connaissance. Elle verrait bien alors ce que lui dicterait son intuition. Elle sourit toute seule devant sa tasse de thé. « *Intuition, intuition. Rayez ce mot de votre vocabulaire. Tout doit être logique et scien-ti-fi-que. C'est le meilleur moyen d'envoyer un bonhomme à la guillotine sans problème.* » Elle se rappelait la colère d'un de ses vieux formateurs, à l'époque où la peine de mort n'était pas abrogée. Et pourtant, l'intuition comptait. C'était même elle qui faisait la différence entre un bon inspecteur et les autres. Mais tous ne l'admettaient pas. Elle aimait suivre ses sensations. Elle était d'ailleurs incapable de les contrer. La douceur de la galerie, le luxe calme qui s'en dégageait l'engourdissaient. Elle ne voulait plus bouger. Elle sentait son estomac devenir dur, l'angoisse qui revenait, la peur d'affronter une nouvelle enquête. Il allait falloir à nouveau forcer des gens à parler, forcer des intimités, forcer des rendez-vous, forcer des consciences. Il faudrait faire le tri entre les mensonges, les malveillances et les calomnies. Et tout ça pour quoi ? Pour rien. Parce qu'un mec avait tué une femme dans un moment de colère. Bref, son job habituel. Elle l'aimait, mais devait, au commencement de chaque enquête, vaincre sa peur de l'échec. Après, la curiosité, la passion la portaient à nouveau. Il fallait atteindre ce point d'excitation le plus rapidement possible. Elle frissonna légèrement.

Elle trouva plusieurs mots sur son bureau à son retour et le jeune Sureau au rapport.

— Kervalec vous attend demain à 9 h 30 dans ses locaux.

— Parfait.

— Et un certain André a appelé. Il a laissé un numéro.

— Je vous prie de laisser de côté vos petits sourires quand vous me passez mes messages, mon cher adjoint.

— Je n'y mettais aucune malice, croyez-le bien.

— Vous êtes ridicule. Ce monsieur m'a appelée dans le cadre de mon enquête. Il travaille à la COB.

— Eh bien, vous avez dû sympathiser rapidement, car il avait l'air de vous connaître rudement bien.

— Sureau, taisez-vous, vous me fatiguez. Le labo vous a-t-il transmis des résultats ?

— Oui, on peut vous communiquer son repas de midi, d'après l'état du transit.

— Allez-y.

— Filet de saint-pierre à l'oseille, fraises, café et Badoit.

— Tiens, elle était sobre. Et à quel restaurant était-elle ?

— Vaudeville.

— Toujours d'après le labo ?

— Non, d'après son agenda. Avec un certain Aymeric, son fils sans doute.

— Et vous êtes allé au Vaudeville, bien sûr.

— Bien sûr, j'y suis allé. Mme de Kervalec était une habituée, et on l'a vue en compagnie d'un très jeune homme, ce qui confirme l'hypothèse du fils. Le déjeuner s'est très mal passé. Elle est partie énervée, en renversant la moitié du café sur la nappe. Aymeric a terminé le sien, commandé un cognac, un cigare et laissé la note sur le compte de sa mère. A ce propos, le maître d'hôtel espère que M. de Kervalec honorera les dettes de sa femme.

— Bien, vous n'avez pas complètement perdu votre après-midi. Le métier commence à entrer. Moi non plus, je n'ai pas perdu complètement mon temps. Elle était au bord de la faillite.

Sureau siffla.

— Du sang, du sperme, du fric. La corruption dans tous ses états. On va faire la une de *Match*.

— Vous avez intérêt à tenir votre langue devant les

journalistes. Je vous avertis qu'aucune fuite ne sera tolérée. Sauf si elle nous est utile. Alors ne faites pas le joli cœur devant je ne sais qui.

— Allons, vous me connaissez.

— Justement, cette affaire va être délicate.

— On peut se retrouver tous les deux à Guéret si on déconne.

— Décidément, Guéret vous obsède.

— C'est une très jolie ville.

— Non, je ne veux pas devenir Jouhandeau.

— Sans vous insulter, vous ne risquez pas grand-chose. Il vous eût fallu naître à Guéret pour commencer. Vos contacts du Vaudeville vous ont-ils dit au moins pourquoi Viviane et son fils se sont disputés ?

— Mes contacts ont saisi quelques bribes de conversation, mais se sont réfugiés derrière leur discrétion professionnelle pour m'en dire le moins possible. Toutefois, il semblerait qu'Aymeric ait reproché à sa mère sa façon de vivre, et que celle-ci lui ait en retour reproché son comportement sexuel, et l'ait menacé de lui couper les vivres.

— Mais on ne coupe pas les vivres à cet âge ! C'était du cinéma. Par contre, c'est un âge où on a envie de se débarrasser de ses chers parents.

— Suspect donc.

— Bien sûr. Malheureusement, il est rare que les adolescents tuent leurs parents.

— Comment ça malheureusement ? Mais vous êtes restée une révolutionnaire. Vous imaginez le travail qu'on aurait ?

— Moi, si j'avais tué mon père, je ne serais pas entrée dans la police ensuite.

— Vous vous emmerderiez dans la pub ou le marketing. Ou vous seriez mariée avec trois gosses et un amant.

— Des tas de femmes s'en contentent.

— Et vous, qu'est-ce qui vous contenterait ?

— Devenir le grand chef de Scotland Yard. Dans l'Europe sans frontières, ce sera possible.

— Vous pouvez vous accrocher.

— Je fais toujours ce que je veux. Bon allez vaquer, jeune manant, j'ai du travail.

— Bien. Embrassez-le pour moi.

— Sortez immédiatement.

Ce garçon était parfois fatigant. Brillant, drôle, intelligent, mais fatigant. Viviane aussi lui semblait fatigante. Incapable d'avoir des relations normales avec son fils. Le pauvre garçon n'avait pas eu de chance de tomber sur elle. Sophie n'avait jamais pu avoir de bonnes relations avec son père, mais elle avait été très proche de sa mère. Elle lui vouait une grande admiration. Sa vie lui apparaissait comme extraordinaire, et marquée par la malchance. Elle était née en Turquie, au fin fond de l'Anatolie, ce qui valait à Sophie un léger charme oriental, et des yeux en amande. Ses parents avaient fui leur région, pour des raisons politiques, et s'étaient retrouvés en France. Elle avait alors treize ans. À vingt ans, elle était devenue secrétaire dans le groupe du baron. C'est là que l'avait rencontrée son père, qui approchait de la quarantaine. Elle était très belle, il l'avait épousée. Ce ne fut pour lui qu'une passade, un jouet exotique. Elle détonait dans leur milieu, et lui n'avait pas le courage de l'imposer à ses amis. Elle ne fut pas assez sophistiquée pour retenir son attention. Trois ans plus tard, il l'avait laissée tomber. Elle se sentit répudiée, en conçut une grande culpabilité, et reporta toute son attention sur Sophie, qui venait de naître. Elles avaient vécu ensemble pendant sept ans, presque toujours seules, mais très heureuses ainsi. Et puis, un jour, elle avait disparu, victime d'un accident de voiture. Sophie avait fait connaissance avec la mort, mais ce n'est pas ce qui l'attrista le plus. Non, le pire, ce fut qu'elle dut aller vivre chez son père, qu'elle méprisait déjà de toute son âme, et sa belle-mère. Ce furent dix années d'orages et de silences entre eux, de reproches muets ou hurlés, jusqu'à ce qu'elle claque la porte. Ce fut sa première grande décision, et peut-être la meilleure. Elle avait rencontré André un peu plus tard, et retrouvé avec lui un peu de son bonheur passé. Il était aussi calme et doux que sa mère.

Pourquoi venait-il de la rappeler ? Il fallait se méfier de ces retrouvailles. Elles commencent par « tu n'as pas changé », continuent par « tu te rappelles notre premier joint », on se tait en pensant à la première nuit, et comme elle est passée depuis longtemps, on se dit que c'était pas mal, et on recommence. Alors méfiance. Il était hors de question de remettre ça avec ce garçon. Mais il fallait pourtant le rappeler.

— J'ai été tellement heureux de te revoir.

— Mais moi aussi, André.

— Tu sais, de temps en temps, je repensais à toi. Je me demandais ce que tu faisais, si tu étais mariée. J'étais persuadé que tu avais épousé un prof d'université et que tu vivais en Californie.

Elle éclata de rire.

— Oui, j'en aurais été capable. Mais je ne suis jamais tombée sur le bon prof. Heureusement, parce que je suis revenue de la Californie. Non, maintenant mon rêve, ce serait un bon petit princetonien. C'est une charmante université. On dirait qu'elle a été rêvée par Ralph Lauren. Enfin, ce serait plutôt le contraire d'ailleurs. Et qu'est-ce qui t'amenait, à part ta nostalgie ?

— Toi, bien sûr. On dîne ensemble. Mon agenda a un gros trou ce soir. Je suis prêt à te l'offrir.

— ... Pourquoi pas. Heure ? Lieu ?

— 9 heures, chez moi, 17, rue des Blancs-Manteaux.

— En plein Marais ! Tu ne t'emmerdes pas. Mais je préférerais te voir dans un restaurant.

— Oh, j'en ai assez des restaurants. Tout est prêt chez moi, et on pourra parler tranquillement.

— O.K. A tout à l'heure.

Bon, il lui faudra faire très attention. Hors de question de lui céder à nouveau. Pour motiver sa résistance, elle sortit sa boîte de préservatifs de son sac. « *Comme ça, je pourrai refuser. Je n'ai encore jamais trouvé de préservatifs chez un homme tranquille de trente-cinq ans. Ils ont grandi en même temps que la pilule. Tant pis pour eux.* » Elle avait arrêté la pilule depuis sa dernière rupture, il y avait deux ans.

Il était 18 h 30. Elle avait une bonne heure devant elle avant d'aller se changer. Juste le temps nécessaire pour commencer la rédaction de son rapport Kervalec. Elle se mit devant sa vieille machine à écrire.

Les saisons du cœur

Les poutres étaient apparentes et les lampes halogènes. Rien de surprenant. Elle reconnaissait le mobilier Habitat, marié à quelques trouvailles des Puces. Sur les murs, des photos encadrées de Doisneau et un tableau de Speedy Graphito. André était bien un exemplaire du yuppy cultivé, parisien et un brin décalé, comme il en existait des milliers. Sophie avait l'impression d'être dans son propre appartement. C'était une faute tout à fait pardonnable. Sortir de ce schéma réclamait soit beaucoup de temps, soit beaucoup d'argent, et ni l'un ni l'autre n'en avaient. Le résultat était finalement agréable : un deux-pièces clair, facile à vivre.

— Nous avons la même table et les mêmes verres. Je m'attendais à te voir mieux installé que moi. On doit bien gagner sa vie, à la COB, non ?

— Même pas. N'oublie pas que c'est la fonction publique. Je bénéficie d'un contrat de droit privé, mais le salaire n'est pas tellement plus brillant que celui d'un fonctionnaire.

Sophie alla jeter un coup d'œil sur la bibliothèque, qui occupait tout un mur. C'était toujours son premier réflexe quand elle découvrait un appartement. Une mauvaise sélection pouvait la refroidir instantanément. Là, elle n'avait pas peur. André avait toujours eu très bon goût, et il l'avait conservé. Les rayons étaient gonflés par les 10/18, et les Christian Bourgois. Les inévitables John Fante étaient au complet.

— Toujours amateur de littérature américaine ?

— Plus que jamais. Mais je suis preneur d'un bon écrivain français, si tu peux m'en trouver un.

Sophie savourait son porto, accompagné de pistaches.

— Notre génération ne se sera pas manifestée par ses dons d'écrivain, ni même de cinéaste.

— On a eu Mai 68.

— Et alors ?

— Tu étais trop individualiste pour l'apprécier, mais c'était bien.

— Bon arrête tes pleurs. Ton enquête avance ?

Elle lui raconta ses découvertes du jour, ses premiers contacts indirects avec le monde des Kervalec. Elle était finalement heureuse de le retrouver. Seule l'amitié avait subsisté à travers les années. Il était son frère, elle pouvait tout lui dire.

— Tu as progressé en effet. Un peu. Je peux te dire que nous avions un œil ces derniers temps sur les activités de Kervalec. La rumeur a déjà prédit sa chute, mais c'est très rare un agent de change qui ferme. C'est une corporation qui s'épaule, dont le principal souci est d'éviter qu'on mette son nez dans ses affaires, surtout quand elles sentent mauvais. Alors quand une charge va mal, les autres paient les pots cassés à sa place, et tout s'efface.

— Ma foi, j'appelle cela la solidarité. C'est plutôt sympathique.

— Oui, sur le principe. Mais chez eux, c'est devenu rance. Encore que les choses aient pas mal changé depuis un an.

— Raconte, tu as une néophyte en face de toi.

— Il faut remonter à Napoléon, une fois de plus. C'est

lui qui a créé *grosso modo* la Bourse moderne en faisant des agents de change des officiers ministériels. Ils avaient le monopole des transactions boursières. Il est toujours illégal aujourd'hui d'acheter une action ou une obligation sans leur verser une commission, même s'ils ne rendent aucun service. Un peu comme les notaires. Ils se transmettaient leur charge de père en fils, ou la vendaient cher, se désignaient entre eux : on ne devenait agent de change qu'après un vote de toute la corporation. Et puis sont arrivées les années modernes. Les marchés financiers ont explosé et ce système gentillet, qui était en fait le même sur toutes les Bourses de la planète, a explosé aussi. À New York d'abord, en 1975, puis à Londres il y a deux ans. Et enfin à Paris. Les réformes ont consisté à casser ce monopole. On accordait aux banques le droit de faire le commerce des actions.

— Mais je croyais qu'elles le faisaient depuis longtemps.

— Eh non ! Les agents défendaient leur pré carré très efficacement. Mais ils étaient trop petits à côté de marchés devenus bien gros. La sécurité des transactions n'était plus assurée. Seule une banque est assez riche pour prendre des risques et animer le marché. Après la réforme britannique, Paris était condamné à s'adapter aussi, sinon il aurait été étouffé par son voisin. Alors finis les agents de change. Ils se sont transformés en sociétés de bourse, qui pour la plupart ont été rachetées par les banques. Certains ont tenté de résister, de rester indépendants, mais la période est trop mauvaise. En fait tu as de la chance de faire cette enquête. C'est l'occasion de jeter un dernier coup d'œil sur les traditions d'une caste séculaire. Ces épiciers de luxe avaient leur charme, mais aujourd'hui ils se sont fait remplacer par des supermarchés financiers, qui font le job par ordinateur. Ça aussi, ça a fait mal. Avant, tout le monde venait faire ses emplettes d'actions autour de la

Corbeille. On en profitait pour potiner et lancer des rumeurs. La corbeille a été rasée et personne ne va à la Bourse, tout se traite sur écrans informatiques. Le Palais est devenu un sarcophage, comme les pyramides. En moins beau.

— Tu es bien nostalgique, ce soir. Si tu aimais tant cette profession, pourquoi es-tu entré à la COB ?

— Parce que je n'aime pas ce qui meurt, et pour d'autres raisons. Mais je bavarde, je bavarde, et tu dois mourir de faim. Alors je t'ai fait un canard aux olives, avec un gratin de courgettes au citron. Le tout servi avec un petit Gamay.

— Quand tu es parti, le plus horrible, ça a été de nous mettre à cuisiner. On ne faisait plus que des pâtes et des œufs. C'était abominable. Ce régime a dû hâter notre dispersion. Le tien explique ton léger embonpoint.

— Il est très léger. Tu exagères un peu. Et puis un homme maigre, ce n'est pas beau.

— Si. Au-dessus de ta ceinture apparaît un bourrelet. Tu pourrais te surveiller.

— Franchement, à notre âge, on en a assez de devoir faire attention. Je ne suis plus un jeune loup, je ne cours pas après les gazelles, je hais le jogging et le squash, je déteste les salles de gym, et j'adore la bouffe, le vin et les cigarettes. Les ventres plats et bien musclés ne sont pas le seul critère de séduction. Les femmes sont assez intelligentes pour apprécier le reste.

— Voilà bien le genre de cliché que je déteste. Moi, je déguste mes tomates et mes salades sans huile, pour rester mince et je suis abonnée à des cours d'aérobic pour rester ferme et plaire.

— C'est du narcissisme de bas étage.

— Mais non. C'est agréable de caresser un beau corps bien musclé, de... un corps avachi, ça me dégoûte.

— Tu veux absolument me couper l'appétit.

— Mais non, je voudrais seulement que tu n'appartiennes pas à cette catégorie d'abrutis qui croient que les femmes se foutent de l'aspect physique.

— As-tu approfondi l'étude du rôle des monades dans la pensée de Leibniz ?

— C'est ça, fous-toi de moi.

— Non pas du tout. J'essaie seulement de parler sérieusement. Tu vois, ce n'est pas possible. Alors passons à table, ou tout sera brûlé.

Le repas était parfait. Le canard n'était pas trop gras, le vin était drôle, et les éclats de rire nombreux. Ils se racontèrent leurs aventures et leurs grandes amours, abordèrent le thème du sida après quelques circonvolutions, s'en avouèrent leur peur respective, et essayèrent discrètement de savoir si l'autre avait eu des aventures avec des bisexuels ou des toxicomanes les années précédentes. André venait lui aussi d'adopter les préservatifs. Il commença à caresser Sophie. Le porto, le Gamay et le cognac final avaient entamé ses défenses. Elle lutta mollement, finit par céder sans enthousiasme particulier. Elle s'en voulait beaucoup. Elle était tombée dans le piège à pieds joints, trop sûre d'elle-même pour avoir esquissé un réel mouvement de résistance.

— D'un strict point de vue technique, tu as progressé.

— Et d'un point de vue plus global ?

— Je ne suis plus amoureuse de toi, donc je n'éprouve plus les mêmes sensations. Mais c'était très bien. Je ne le regrette pas, alors que je m'étais jurée de ne pas te toucher.

Il était 8 heures du matin, et André était déjà habillé.

— J'ai un rendez-vous à 9 heures, et il faut que je passe avant prendre un dossier à la COB. Je te laisse les clés.

— Mais on ne se verra pas ce soir. Je dois aller à Vannes, et je comptais prendre un train de nuit.

— Très chère, je suis un homme prévoyant. J'ai toujours deux trousseaux. Vous pourrez donc conserver le vôtre... en souvenir, ou aussi souvent que vous voudrez.

— Qui vous dit que nous nous reverrons ?

— Nous nous croiserons forcément durant votre enquête. Alors excusez-moi, mais le dossier Champsaur me réclame.

— Champsaur ?

— Oui. Qu'est-ce qui vous étonne tant ?

— Oh, c'était un ami de mon père. Et de Viviane aussi. Que lui arrive-t-il ?

— Lui se porte bien, mais il y a des mouvements anormaux sur son titre.

— Quoi ? Parle français.

— Tu dois t'habituer à notre jargon. En décodé, ça te donne donc : quelqu'un est en train d'acheter les actions de son groupe, et leur cours s'est envolé. On essaie de savoir si c'est de la simple spéculation, ou si une OPA se prépare.

— Mais pourquoi ne me l'as-tu pas dit avant ?

— Je ne pouvais pas deviner que cela t'intéressait, et je te signale que je suis tenu au secret professionnel moi aussi, lorsque j'enquête. Si jamais tu profitais de ces informations pour spéculer en bourse, nous pourrions être tous les deux accusés de délit d'initié. Tu connais, je suppose, depuis l'affaire Péchiney ? Personne n'a le droit d'utiliser des informations confidentielles pour spéculer en bourse. Si tu apprends qu'une entreprise va décrocher un contrat en couchant avec son P-DG ou en discutant avec sa secrétaire, tu dois attendre que ces informations aient été communiquées à la presse avant d'agir.

— Mais c'est grotesque. Ça ne sert plus à rien ! Personne ne doit respecter ces règles.

— Non, personne. C'est bien mon problème. Tu n'as qu'à voir, chaque fois qu'une boîte annonce un résultat exceptionnel, la veille son titre a été très acheté en bourse, par ceux qui savaient. Mais on les obligera à se plier, de gré ou de force, aux règles du jeu. C'est pour cela que les pouvoirs de la COB doivent augmenter. Sinon Paris ne sera plus une place financière que pour les escrocs et les minables.

— Je t'appelle à mon retour. Tu dois me parler un peu plus de Champsaur.

— Si tu es sage. J'ai été enchanté de passer ma nuit avec toi.

— Bye.

André parti, elle s'étira, puis soupira. Finalement, il lui plaisait toujours. Petit retour de flamme ou grande retombée en amour ? Elle opta pour la passade et alla se doucher. Elle n'avait pas à se presser, la matinée s'annonçait agréable. Elle commanda un taxi pour 9 h 15, ce qui lui laissait largement le temps d'arriver à l'heure rue Montmartre. En l'attendant, elle farfouilla dans les tiroirs et penderies. Mais elle ne trouva rien de passionnant.

— M. de Kervalec vient de m'appeler pour s'excuser. Il sera un peu en retard. Il a quelques problèmes avec son fils je crois. Mais en attendant, M. Boussois, son adjoint, est à votre disposition.

Michel Boussois avait l'air triste, des poches sous les yeux, un costume marron et il dégageait une odeur de tabac froid. Au coin de ses lèvres pendouillait un mégot tordu et éteint. Fait maison.

— Jean-Louis m'a demandé de m'occuper de vous. Il vous est reconnaissant de ne pas l'avoir convoqué au commissariat. Il est d'autant plus désolé de son retard. Vous prendrez bien un café ?

Il se roula une Old Holborn. Voilà bien sa chance. Elle qui voulait freiner sa consommation ! Cela devenait utopique en face d'un fumeur non repenti.

— Je vous ferais bien visiter, mais il est encore un peu tôt. Les transactions ne commencent qu'à 10 heures.

Le café-machine était très mauvais. Elle l'avala d'un coup en se pinçant les narines.

— Parlez-moi de Viviane. Comment était-elle ?

— Ah, c'est un vrai personnage. Enfin, c'était. Notre bonne fée, celle qui nous a réveillés d'un long sommeil. Ahaha !

Il avait poussé un rire guttural, qui la glaça.

— Vous voulez une bière ? Moi, j'ai envie d'une bière.

Il sortit une Kronenbourg d'un mini-frigo encombré de canettes.

— Viviane était une femme charmante, dévouée à notre société. Son seul défaut était de ne rien connaître à notre métier. Mais ce n'était pas ce qu'on lui demandait. Elle était notre porte-drapeau. Mais, elle manquait peut-être de déontologie.

— Vous ne semblez pas l'avoir beaucoup appréciée.

— Détrompez-vous, nous étions les meilleurs amis du monde. Nous nous estimions l'un et l'autre à notre juste valeur.

— Son passé ne vous dérangeait pas ?

— Quel passé ?

— Allons, son passé.

— Ah, vous avez déjà eu vent de ces rumeurs malveillantes.

— Ce n'étaient pas que de simples rumeurs.

— Officiellement, Viviane a toujours été une parfaite

mère de famille. Certes un peu dépressive, mais rien de plus.

Des hurlements se firent entendre au standard, les interrompant.

— Cette salope est morte, mais ce n'est pas une raison pour m'entuber. Où est son connard de mari ? Je veux le voir immédiatement. J'en ai assez de vos salades. Vous me remboursez, ou je bute le reste de la famille.

— Calmez-vous, M. Jean-Louis n'est pas encore arrivé.

— Et son bon à rien de fils ?

— Non plus, M. Antoine arrive rarement aussi tôt.

— Il cuve sa connerie, oui. Je m'en fous, je reste ici et s'il se dépêche pas, je fous le feu à la baraque. J'en ai marre qu'on se foute de ma gueule.

Sophie écoutait, stupéfaite.

— Voilà un client bien excité. C'était un ami de Viviane. Si vous voulez bien m'excuser deux minutes, je vais tâcher de le calmer. Ce n'est pas la peine d'imposer ça à Jean-Louis, ce matin.

— Que lui est-il arrivé ?

— Eh bien, je crois que la gestion de son portefeuille a été quelque peu défaillante, mais je ne connais pas tous les détails. C'est Antoine qui s'en occupait.

— Antoine ?

— Oui, le premier fils de M. de Kervalec.

— Mais je croyais qu'il s'appelait Charles.

— C'est vrai, mais il préfère qu'on l'appelle Antoine. Je crois que c'est son second prénom. Il assiste son père, et Viviane voulait qu'il lui succède. Mais...

— Mais, quoi ?

— Le syndic a toujours refusé de lui accorder le diplôme d'agent de change. C'est un garçon fragile, et cette défiance ne l'a pas aidé.

Les cris continuaient au standard.

— Elle est folklo, votre boîte. Je ne voyais pas ça du tout comme ça.

— C'est tout à fait exceptionnel. Excusez-moi, je dois vraiment aller le calmer.

Boussois se dirigea vers le client coléreux et lui murmura quelques mots à l'oreille. L'autre le suivit vers un bureau, à côté de celui où patientait Sophie.

— Alors, monsieur Fratelli, vos problèmes ne sont toujours pas réglés ?

— Oh ! vous le sac à bière, ne faites pas votre malin. Vous me devez un milliard, et vous allez le cracher.

— Allons, allons, la Bourse est un jeu, vous le savez aussi bien que moi. Parfois on gagne, parfois on perd. Vous n'avez pas eu de chance. D'après ce que je sais de votre compte, nos services de gestion ne se sont pas montrés brillants, mais personne n'y peut rien. Vous nous aviez signé un mandat de gestion, et nous avons rempli notre contrat. Mal, mais nous l'avons rempli.

— Arrêtez de jouer le clown. Vous savez qui je suis, non ? Mes accords avec Viviane étaient clairs. Je lui filais du fric, elle me taxait 5 %, et elle le rendait bien propre à la sortie. Alors, filez l'oseille.

— Cher monsieur, les accords que vous avez pu passer avec Mme de Kervalec ne regardent que vous. Qui me prouve d'ailleurs que vous avez passé un quelconque accord ? Viviane n'est plus là. Et nous allons désormais mettre fin à certaines pratiques déshonorantes où elle nous entraînait.

— Je vous avertis que si vous ne me remboursez pas, vous allez passer un sale quart d'heure.

— Calmez-vous, la police est dans la salle à côté.

— Quoi !

— Que croyiez-vous ? La loi peut même régner chez les Kervalec. Si vous ne vous montrez pas coopérant, vous aurez aussi quelques ennuis. Au revoir, monsieur.

Sophie sortit dans le couloir pour voir l'énergumène. Boussois fit les présentations.

— Je suis intouchable, inspecteur.

— Mais je n'en doute pas une seule seconde, monsieur. Cela ne me dérange guère, je n'ai pas l'habitude de toucher les gens que j'arrête. À bientôt j'espère.

Ils rentrèrent dans le bureau.

— Vous avez du cran pour une bonne femme.

— Vous aussi pour un buveur de bière. Pourquoi m'avez-vous fait écouter cette conversation ?

— Moi ? Je ne vous ai rien fait écouter du tout. Si nos murs ne sont pas assez épais, je n'y suis pour rien. Et il n'avait qu'à parler moins fort.

La secrétaire les prévint de l'arrivée du patron.

— Nous nous reverrons j'espère.

— Oh ! je ne vois pas ce que je pourrais vous apporter. Je ne suis vraiment pas grand-chose ici.

Jean-Louis de Kervalec s'avança vers elle, la main tendue. Il n'avait pas l'air d'avoir très bien dormi. Ses yeux marron viraient au rouge.

— Veuillez me pardonner, j'ai eu des petits problèmes familiaux ce matin.

Elle se sentait gênée en face de lui. Il avait appris la mort de sa femme la veille, et elle l'interrogeait déjà. Que lui demander ? Que savait-il d'elle ? Était-il naïf, coopérant, avait-il fermé les yeux ? Les questions devaient être douloureuses et elle n'avait pas envie de lui faire mal.

— Je ne sais pas comment vous procédez d'habitude. Vous voulez peut-être savoir si j'ai un alibi ? Je suis allé à la Bourse vendredi. Ça m'arrive encore de temps en temps. Un peu par nostalgie, et surtout parce que j'y avais un rendez-vous. Avec le baron de Champsaur.

Le baron, évidemment. Il était écrit qu'ils se croiseraient.

Tant qu'elle ne l'aurait pas revu, il lui ferait signe. Là, il venait de cligner de l'œil, pour lui dire : « Tu vois, j'y étais ma petite. C'est peut-être moi. Mais c'est peut-être son mari aussi. »

— C'est fou, tout Paris était au Palais vendredi. Je le croyais abandonné.

— Oui, j'ai été très étonné. On avait l'impression d'être revenu deux ans en arrière. J'ai rencontré mon fils, Boussois qui y va presque tous les jours, et de nombreux confrères. A croire qu'on s'était donné le mot. On poussait tous des cris d'exclamation en se voyant, et on regrettait de concert le bon vieux temps.

— Votre jeune fils n'était pas très loin non plus, il a déjeuné avec sa mère.

— Vous êtes sûre ? Je n'étais pas au courant. Cet enfant est très bizarre. Il ne me dit que ce qu'il veut bien que je sache. Et c'est déjà parfois un peu trop.

— Que fait-il ?

— Pas grand-chose. Il va à la Sorbonne. Sa mère en était très fière. Il étudie la musique. Ça ne le mènera nulle part. Je le lui dis souvent, mais Viva le soutenait toujours.

— Pardonnez ma question, mais quel était l'état de vos relations avec votre épouse ?

— Normal, j'imagine, après plus de vingt ans de mariage. Elle avait ses qualités et ses défauts. J'y étais habitué.

— Vous vous étiez habitué à… tout ?

Elle prononça le dernier mot de façon accentuée, comme torturée, pour lui donner le sens le plus mauvais qui soit. Il répondit par un rire très grave.

— A tout ? Mon Dieu, j'imagine que l'on peut se faire à tout, oui. En fait, jen suis même sûr. Je vois que vous avez votre petite idée derrière la tête, mais que vous n'osez pas m'en parler. Alors, je vais tout vous dire, simplement. Je ne l'aurais sûrement pas dit à un homme, mais à vous, je peux. Quand je suis tombé amoureux d'elle, j'étais bien plus âgé. Je lui ai toujours été reconnaissant d'avoir accepté de m'épouser. Elle était belle, elle aimait l'argent, et elle aurait pu en trouver plus que chez moi, en patientant un peu. Pourtant, elle m'a dit oui. Elle m'a donné un fils, et elle m'a été fidèle. Au début. Quand ça comptait, quand je l'aimais. Même si elle m'a trompé alors, je ne l'ai jamais soupçonnée, et pour ça elle mérite toute mon estime. Si elle m'avait repoussé, je crois que je serais devenu fou. Avez-vous déjà été amoureuse, totalement ?

— Non.

— Alors, je ne sais pas si vous pouvez vraiment me comprendre. Pour moi, elle était tout. Tout, et elle a joué mon jeu, et j'y ai cru. Elle m'aimait peut-être aussi.

— Ça permet de tout pardonner ?

— Mais bien sûr. Je serai toujours son débiteur. Toujours, vous m'entendez. Elle aurait pu me demander n'importe quoi.

— Ce que pouvaient penser les autres ne vous touchait pas ?

— Mais non. Ils regardaient notre vie de l'extérieur. Ils ne pouvaient pas savoir. A leur place, j'aurais sans doute ricané.

— Vous ne voulez pas en parler ?

— Non, je ne veux pas. Cette période est bouclée, et je n'ai jamais su ce qu'elle a fait exactement. Elle avait une personnalité très riche, très complexe. On pouvait la prendre pour une bourgeoise, malade de luxe, frivole, et pourquoi pas, perverse. Mais elle était très attachante, très généreuse. Je ne pense pas qu'elle ait jamais été très heureuse, mais moi, grâce à elle, j'ai été comblé. Alors le reste...

Sophie sortit de l'entretien perturbée. D'abord parce que l'image de Viviane s'était modifiée dans son esprit, ensuite parce qu'elle ne savait plus quoi penser de Jean-Louis. Il l'avait touchée, il l'avait émue, mais un homme capable d'un tel amour lui semblait tout à coup dangereux. Il pouvait très bien avoir ruminé une vengeance pendant des années. Mais de quoi se serait-il vengé ? Elle avait été tellement troublée, qu'elle en avait complètement oublié d'éclaircir les liens existant entre sa société et le milieu. Elle allait devoir se renseigner sur ce Fratelli. Il sentait son Pigalle. C'était bien embêtant, elle n'avait aucune envie de plonger dans ce quartier. Elle voulait trouver son coupable dans la finance et elle y arriverait.

Sureau avait bien travaillé lui aussi durant ses heures tranquilles.

— J'ai testé pour vous les services de sécurité de la Bourse. Eh bien, en marchant vite, en profitant d'un petit groupe en train d'entrer, et en leur passant rapidement sous le nez une petite carte avec une photo, n'importe qui peut passer. Enfin, moi j'y suis arrivé.

— Donc n'importe qui peut l'avoir tuée. Ou plutôt, un n'importe qui connaissant un peu les usages des boursiers. Vous ne me facilitez pas la tâche. Pour vous faire pardonner, allez me chercher le dossier Fratelli. Je sens que je vais vous lancer sur une nouvelle piste.

— Oh non, pas les Corses de Pigalle.

— Mais vous ne savez dire que non. Non, pas Guéret, non, pas Pigalle. Mais quand dites-vous oui ?

— Mais au même moment que vous.

— Oh ! votre humour est déplorable.

— La soirée s'est bien passée ?

— Très bien merci, j'ai appris des tas de choses.

D'ailleurs, vous m'y refaites penser : vous devez chercher ce que nous avons sur Gustave de Champsaur.

— C'était votre sujet de conversation ?

— Bien sûr, je vous avais dit que c'était un rendez-vous de travail. Je ne mens jamais.

— Mamma mia, quelle femme ! A propos, votre train pour la Bretagne profonde décolle à 18 heures, et vous pourrez repenser à votre conversation d'hier soir à l'Ibis du coin.

— Rien de plus romantique ?

— Si, un Novotel, mais il était réservé pour un congrès.

— Et la voiture ?

— Vous ne pouvez donc rien faire sans moi ? Je ne suis pas votre nounou. Votre voiture, vous la louerez toute seule à la gare.

— Hors de question, je refuse de conduire.

— Vous êtes le seul flic de la planète qui se refuse à conduire. Vous êtes ridicule.

— Peut-être, mais il faut trouver une solution.

— Comme il est hors de question que je vous accompagne pour vous servir de chauffeur, même si cela était votre désir secret, je vais prévenir le commissariat de Vannes. Ils vous délégueront bien leur débile de service et une R4. Mais votre réputation n'en sortira pas grandie.

Raid sur la Coloniale

Le baron bondit de son siège et jeta un regard méprisant sur l'assistance. Sur les bords d'une immense table rectangulaire, dix personnes se faisaient face, cinq de chaque côté. Pour la plupart, des têtes blanches, relativement connues dans le monde des affaires. Elles étaient penchées vers les sous-main en cuir, de très bonne qualité, n'osant pas affronter le regard du maître des lieux. Champsaur, qui les dominait au bout de la table à la place d'honneur, piquait une de ses colères légendaires.

— Vous n'êtes qu'un tas d'incapables. Je sais qui est en train d'acheter mes titres. Oui, je le sais. Et je connais le pourcentage exact d'actions qu'il détient. Il a 7,3 % de mon capital. Il a franchi hier la barre des 5 %. Je ne sais pas très bien quand il va le déclarer aux autorités boursières, mais je suis sûr qu'il va accélérer ses achats, et après, il lancera son OPA. Et vous, messieurs, vous restez là, sans rien dire. On m'attaque et vous ne bougez pas.

— Mais nous ne sommes qu'un conseil d'administration. Que voulez-vous faire ? lança une voix timide.

— Comment ? Que voulez-vous faire ? Mais vous représentez, messieurs, la fine fleur de la finance parisienne. Vous êtes assureurs, banquiers, industriels ou tout simplement influents. Et c'est pour ça que je vous ai choisis comme administrateurs de la Compagnie coloniale. Il suffit que chacun d'entre vous achète quelques pour cent de mon capital sur le marché et il est sauvé ! J'en détiens 22 %, vous tous en avez environ 12 %. Nous avons la minorité de blocage. Il suffit de racheter 16 % de titres supplémentaires et nous sommes bardés. Plus personne ne peut nous attaquer.

— Je tiens à vous signaler...

Une voix teintée d'accent espagnol s'éleva. La seule tête jeune de l'assistance, la seule qui n'avait pas baissé les yeux durant le sermon, prenait la parole.

— ... que j'ai acheté à titre personnel 4 % de votre capital. Je trouvais que les actions n'étaient vraiment pas chères. Je voulais vous le dire aujourd'hui.

— Ah, mon brave Felipe. Comme vous avez bien fait. Et comme j'ai eu raison de vous faire confiance.

Felipe Farnes était un financier espagnol à la mode, dont les affaires prospéraient dans toute l'Europe du Sud et en Amérique latine.

— Si cela peut vous être utile, je veux bien en acheter un peu plus. J'ai beaucoup de liquidités en ce moment. J'ai revendu mes micro-ordinateurs à Philips, et ils ont très bien payé.

— Vous êtes un vrai hidalgo, un homme courageux. Ce n'est pas le cas de tous ici. Beaucoup manquent de couilles.

Le baron avait parfois des manières et des expressions qui choquaient les assureurs pendant les conseils d'administration. Il était resté très vert, et il justifiait son vocabulaire, parfois un peu rude, par ses origines : les chevaliers étaient au Moyen Âge de sacrés gaillards, qui n'hésitaient pas à trucider les infidèles, ou à violer les femmes quand l'envie leur en prenait. Philosophie un peu sommaire, mais que reprenait à son compte leur digne successeur Gustave de Champsaur, coureur de jupons et ennemi du peuple. Mais ce qu'il méprisait par-dessus tout, c'était cette racaille bourgeoise qui sommeillait sur ses privilèges et réussissait à les défendre bien mieux que ne l'avaient fait ses ancêtres. Il ne perdait jamais une occasion de leur rappeler que les Champsaur figuraient dignement sur la tapisserie de Bayeux.

Un de ces pouilleux était en train d'attaquer son empire, de grignoter tel un cancer son capital en bourse. Il ferait tout pour l'abattre. Il avait bâti sa fortune en Afrique. Il avait appris par le fouet et le pistolet à se faire respecter des nègres. Il en irait de même avec les banquiers. Il avait de nombreux ennemis à Paris et il ne l'ignorait pas. Tous se réjouiraient de sa perte, mais il en savait suffisamment sur les pratiques de quelques-uns pour les obliger à lui venir en aide. Ils défendraient son capital, bon gré mal gré.

— Et qui vous attaque, Gustave ? demandait le P-DG des Assurances françaises.

— Ce connard de Michel Simonnet. Ce petit énarque reconverti dans la finance. Il croit pouvoir me battre. Mais il me connaît mal. Très mal.

— La banque Hautecœur vous attaque !

— Oui, la banque Hautecœur m'attaque. Ce petit manant a réussi quelques coups fumants, et il pense pouvoir se confronter à moi. Alors, messieurs, vous savez ce qui vous reste à faire. Achetez, achetez. Il nous faut arriver le plus vite possible à boucler le contrôle. Sans cela, tout le château s'écroulera sur nous. Je dis bien sur NOUS.

Gustave de Champsaur avait en effet bien des raisons d'être énervé ce jour-là. Les structures de son empire industrialo-financier, complètement anachroniques dans le nouveau paysage économique hexagonal, avaient été inspirées par les meilleurs modèles de l'entre-deux-guerres. Ses liaisons faisaient penser à celle d'une raffinerie, avec son enchevêtrement de tuyaux, ou à un puzzle. Au centre de cette mosaïque, se trouvait la Compagnie coloniale, assiégée en bourse, et dont le conseil d'administration, qui réunissait les principaux actionnaires de l'entreprise, avait été convoqué d'urgence. La Coloniale détenait à son tour 10 à 15 % du capital d'une dizaine d'autres sociétés, dont la banque Champsaur, qui avait échappé par miracle à la nationalisation de 1982. Le baron avait appris par l'un de ses « honorables correspondants » le seuil au-dessus duquel les établissements seraient rachetés par l'État. Quelques retouches apportées *in extremis* aux comptes lui avaient permis d'échapper au couperet. Ses sociétés filles détenaient à leur tour entre 5 et 10 % du capital de leurs sœurs, et 1 à 5 % de celui de leur mère, la Compagnie coloniale. Un bel autocontrôle pratiquement inextricable. Cette structure permettait de posséder de nombreuses sociétés sans avoir investi de lourds capitaux. Il n'était pas le seul à pratiquer ce système à Paris : le jeune Bernard Arnault, inspiré par la banque Lazard, avait bâti une cascade de holdings qui lui permettaient de dominer l'industrie du luxe dans le monde, sans investissements excessifs. Avant lui, le groupe Rivaud, le défunt Schneider ou Paribas avaient procédé ainsi. Ce qui valait aux financiers français la réputation d'être des capitalistes sans capitaux, et de se montrer incapables de sauver leurs filiales industrielles en difficulté lorsqu'elles avaient besoin d'argent.

Avec ce mécanisme, le baron de Champsaur régnait sur les cuivres et les bois tropicaux d'Afrique, sur une fabrique de montres suisses, sur des orangeraies en Espagne et en Afrique du Sud, et sur des cimenteries en France. Ses possessions valaient une bonne dizaine de milliards, et paraissaient protégées. Mais ce n'était qu'une illusion. L'héritier d'un ancien associé luxembourgeois de Champsaur avait cédé en bourse les titres qu'il possédait dans le capital de la Compagnie coloniale. Du coup, celle-ci n'était plus à l'abri ; un raider pouvait en prendre le contrôle, en mettant à peine trois milliards de francs sur le tapis. Jusqu'à présent, personne n'avait osé le défier, la réputation du baron faisait frémir nombre de banquiers. Mais la tranquillité était désormais terminée. Quelqu'un attaquait.

Le téléphone sonna dans la salle du conseil.

— Comment, la cotation de mes actions est suspendue ? La demande est trop forte ? Une hausse de 15 % en quelques heures ! Et je parie que c'est la banque Hautecœur qui ramasse tout, non ? Comment elle n'est pas seule ? Deux autres banques sont en train de l'aider ! Mais c'est la guerre.

Il raccrocha, rouge de colère.

— Ah le petit con, il continue. Je vais l'écraser.

— Monsieur le baron…

Le représentant de la Banque franco-suisse prenait la parole.

— Je tiens à vous signaler que notre établissement a cédé la participation des 2 % qu'il détenait dans votre capital.

Il bégayait, ses yeux fixaient le sol. Le baron était proche de l'apoplexie.

— Oui, vous comprenez, nous pensions qu'il s'agissait d'une simple hausse spéculative. Vous ne nous aviez pas prévenu d'un raid. Nous avions ces titres en portefeuille depuis quinze ans, nous avons fait une plus-value à laquelle personne n'aurait pu résister. Nous avions besoin de ce profit pour rééquilibrer nos comptes : on avait perdu gros en spéculant sur Bouygues.

— Salaud ! Ah, vous voulez me lâcher. Je vous préviens que si vous ne rachetez pas mes titres immédiatement et à n'importe quel prix, je balance au fisc un joli petit dossier sur votre banque et ses combines. Finis, les transferts de fonds à Genève. Finie, la Banque franco-suisse. Même les combines de Paribas c'était de la gnognote à côté de vous. Et j'en profite pour tous vous prévenir : si je vous ai pris dans mon conseil, si je vous ai admis comme actionnaires, si je vous fais confiance et si je vous verse 150 000 balles par an pour que vous posiez vos culs à quatre conseils annuels, c'est que j'ai des dossiers croquignolets sur chacun d'entre vous. Le premier qui bronche, saute. Donc, vous allez tous m'aider, même si vous devez en crever.

Les vieilles têtes blanches paraissaient plus apeurées les unes que les autres, comme si elles concentraient un nombre de crimes inexpiables. Felipe Farnes reprit la parole.

— Monsieur le baron, je pense que j'aurai la joie d'annoncer dès ce soir aux autorités boursières que je détiens plus de 5 % de votre capital. Et je grimperai à 10 % le plus rapidement possible.

— Bien. Mais je vous interdis de franchir la barre des 10 %. Et vous revendrez ensuite pour repasser à 5 %. Charbonnier doit être maître chez soi.

— Cela va de soi, monsieur le baron.

— Très bien. Levez le camp, et au feu. Tous. Tâchez d'imiter notre ami espagnol. Je vous attends ici dans trois jours pour faire le point.

Le petit hôtel particulier qui respectait tous les canons intérieurs et extérieurs du style Empire retrouva son calme. Le baron sortit comme une flèche, fit cent mètres et se retrouva place de la Bourse. Il était 13 heures, la séance battait son plein, et il allait faire un tour du Palais pour récolter les éventuelles dernières rumeurs.

Autour de lui, tout le monde s'écartait, le regardant

comme on observe un condamné. Visiblement, les paris ne lui étaient pas favorables. Mais ils ne le connaissaient pas. Il n'avait jamais reculé devant le sang des autres pour réussir. Que valait-il d'ailleurs ce sang ? Rien. Ils n'étaient que des esclaves, tous. Il n'avait aucun mérite, ni aucune angoisse à les piétiner. Dieu même l'y incitait et le comprenait. Le responsable des opérations financières de sa banque accourait vers lui.

— Monsieur le baron, tous les actionnaires sont en train de vendre. En face de nous, il y a maintenant une véritable Sainte Alliance. La banque Hautecœur n'est plus seule. Indosuez et la BNP sont entrés dans la danse. Ils ramassent tous nos titres. Ils ont chauffé tous les agents de change, ils paient n'importe quel prix. Notre syndicat n'arrive pas à les suivre.

— Ne paniquez pas, je viens de réveiller nos amis à l'instant même. Ils vont sortir les canons eux aussi.

— Ce n'est peut-être pas le moment de vous ennuyer avec cela, monsieur le baron, mais il y a autre chose : nous sommes en train de nous faire rouler sur la dernière opération de Julien Barbeau.

— Qu'est-ce que cette vipère talentueuse a encore inventé ?

— Il va fusionner deux de ses sociétés, Intermeubles et Jolie Semeuse, sur des bases insensées. Vous savez qu'il possède déjà 70 % des actions de la Semeuse. Il veut mettre la main sur les 30 % qui lui échappent, et il propose aux actionnaires minoritaires de leur donner une action Intermeubles contre une Jolie Semeuse.

— Et alors, elles cotent à peu près le même prix en bourse, non ?

— Oui, mais Jolie Semeuse possède un patrimoine immobilier sous-évalué. En fait elle vaut bien plus cher que son cours actuel. Donc, en nous donnant une action

Intermeubles contre une Semeuse, il nous anarque complètement. Il va se mettre 800 millions dans la poche.

— Nous avons beaucoup de Semeuse ?

— Oui, j'en avais acheté un gros paquet en prévision de la fusion. Je pensais qu'ils seraient obligés de prendre en compte la valeur des actifs immobiliers dans leurs parités d'échange.

— Bien, dans ce cas, portez plainte. Ils vont avoir peur et nous proposer un dédommagement. Et où en sont les Trois Quartiers ? Ont-ils été cotés aujourd'hui ?

— Je ne sais pas. Je ne suis pas passé au hors-cote.

Le baron, curieux de connaître le cours du jour, monta donc au hors-cote. Ce marché non officiel, qu'on surnommait la jungle, était situé dans les hauteurs du Palais, à côté du Matif, presque sous les combles. C'était un marché où presque n'importe quelle société pouvait faire coter ses titres, sans avoir à supporter tous les contrôles et vérifications nécessaires sur les marchés officiels. Les actions inscrites sur le hors-cote ne faisaient parfois l'objet d'échanges qu'une fois par an. Quand aucun acheteur ou vendeur ne se présentait, le cours n'était pas fixé. Mais, parfois, certains graissaient la patte des coteurs, pour qu'ils inscrivent un cours qui pouvait se trouver fantaisiste. Le royaume des magouilles, digne des débuts de la Bourse. L'action Trois Quartiers avait été cotée ce jour-là. Il y avait des vendeurs, et un acheteur qui ramassait tous les titres qu'on lui présentait : le groupe Bouygues prenait le contrôle total de la société. Trois Quartiers était un grand magasin, que Bouygues voulait transformer en bureaux avant de le revendre à des investisseurs japonais. La valeur du titre était bien inférieure à la valeur du mètre carré de bureaux. Il était en train de réaliser une très bonne affaire. Là aussi, le baron allait se faire rouler, car il avait revendu un gros paquet d'actions Trois Quartiers, après que Bouygues l'eut assuré qu'il n'y aurait pas d'opération immobilière. Mais Bouygues aujourd'hui abattait ses cartes. Il était plus fort que lui. Décidément, plus rien n'allait.

Dans son immeuble de l'avenue Matignon, entièrement rénové à grands frais et recouvert de marbre rose de la cave au grenier, la banque Hautecœur ressemblait à une ruche au printemps. Les couloirs étaient remplis de secrétaires et de costumes croisés courant dans tous les sens, d'écrans d'ordinateur allumés, de traders à leur poste, téléphonant à chaque grande banque européenne pour lui faire vendre ses actions de la Coloniale.

— Vous avez des Coloniales ? Combien ? Quel prix ? O.K., je prends.

Ces phrases résonnaient de tous les côtés, en anglais, en français, en italien, en allemand... Hautecœur écrémait le marché.

Dans son bureau luxueusement gris, illuminé seulement par un tableau de Francis Bacon, Michel Simonnet souriait. Il le paierait peut-être très cher, mais il avait lancé l'attaque au grand jour. Son grand œuvre dévoilé aux yeux du monde.

— Monsieur le président, un appel de Felipe Farnes.

— Je prends.

— Michel ? Bon, je suis allé au conseil ce matin. Le vieux était complètement fou. Je crois qu'il perd les pédales, comme vous dites ici. Je lui ai annoncé que j'achetais ses titres pour le défendre. Je peux aller jusqu'à 10 % avec sa bénédiction. Débrouille-toi pour acheter le maximum d'actions avant qu'il ne s'aperçoive que c'est moi. On lancera l'OPA le plus tard possible.

Cette attaque était un vrai bijou. Simonnet avait commencé par acheter des titres, lentement, sans emballer le cours. Il s'était arrêté quand il avait détenu environ 7 % du capital. Il préférait ne pas trop aller au-delà, car la législation boursière obligeait normalement à déclarer officiellement que l'on franchissait les seuils de 5 %, puis 10 %, puis 20 %. Il s'était bien gardé de respecter la règle, les poursuites étant de toute façon insignifiantes si on le découvrait. Et il ne voulait pas attirer l'attention de Champsaur. Après, il avait contacté discrètement quelques jeunes loups du capitalisme international, et il leur avait proposé de prendre le contrôle du groupe Champsaur. Une opération clé en main, le plan était prêt, il ne lui manquait que les capitaux : 4 milliards de francs, peut-être un peu plus, si les autres se battaient bien en face. Et c'est le Conquistador, comme le surnommait la presse espagnole, l'homme qui avait réveillé la finance ibérique, qui lui avait donné son accord. Il avait lui aussi d'excellentes motivations : prendre pied en France et en Belgique, où son groupe était peu développé, et entrer ainsi dans le Gotha européen. Car pour le moment, l'establishment le considérait surtout comme un rastaquouère présomptueux.

Simonnet se voyait déjà succéder à Horace Finally, à André Meyer, à Jack Francès, les financiers qui avaient enflammé son imagination. Il serait le nouveau roi de la banque parisienne, le nouveau Rothschild. Il était très jaloux de voir Alain Minc, de Cerus ou Jacques Letertre, de Duménil Leblé, devenir des stars alors qu'ils n'avaient rien de plus que lui. Certes Minc était un garçon qui avait le goût du paradoxe, qui était intelligent, et qui le savait peut-être un peu trop, mais il n'avait rien fait d'extraordinaire. Bon, il écrivait des best-sellers, et il avait réussi à prendre Yves Saint-Laurent, il avait à moitié gagné Valéo, mais il s'était planté sur la Générale de Belgique et sur les Presses de la Cité. Quant à Letertre, il avait bâti Duménil

Leblé, mais il avait échoué dans son raid sur le groupe Rivaud, lancé avec Jean Peyrelevade de la banque Stern. C'est vrai qu'il avait gagné beaucoup d'argent. Dans le même style, il y avait Jean-Charles Naouri, de la banque Rothschild, qui était l'ancien directeur de cabinet de Pierre Bérégovoy. Tous ces garçons lui ressemblaient. Il pouvait faire encore mieux qu'eux. Il voulait les dépasser. Lui, il pensait à son coup depuis dix ans. Il n'avait mené sa carrière qu'en fonction de cet objectif.

Il avait pris sa décision quand il était encore à l'ÉNA. Il avait commencé par acheter quelques actions de la Coloniale, pour aller à son assemblée générale annuelle ; patiemment, chez lui, le soir, il reconstituait les liens financiers tissés entre les différentes sociétés du groupe dont il possédait tous les bilans qu'il était allé chercher au greffe du tribunal de commerce. Il avait décomposé le groupe, comme un apprenti horloger démonte un réveil, pièce par pièce. Il avait compris comment les éléments s'emboîtaient, et trouvé le point faible de l'ensemble, même si quelques détails, cachés à Bruxelles et au Luxembourg, lui échappaient. Après ça, il ne lui restait plus qu'à sortir parmi les premiers de l'ÉNA, choisir de faire carrière dans l'inspection des Finances, et se débrouiller pour décrocher le bon poste au Trésor. Et il avait réussi à entrer au Trésor, en plein cœur du ministère des Finances, l'administration la plus puissante du pays, celle qui préparait les décisions du ministre, qu'elle pouvait transformer en pantin lorsqu'il manquait de caractère.

En 1982, Simonnet s'était donc retrouvé dans la division chargée de nationaliser les banques et de calculer les indemnisations des actionnaires. Lui était plus spécialement chargé de décortiquer les bilans. Puis il s'était occupé des transferts de devises. Et c'est dans ce cadre qu'il eut son premier contact direct avec la banque Champsaur et son propriétaire. Trois ans plus tard, on lui offrait une belle pantoufle, autrement dit un beau poste dans le privé ; la petite banque Hautecœur avait besoin d'un directeur général. Son P-DG, un vieux monsieur charmant mais parfaitement incompétent, un héritier qui avait conscience de ses limites, cherchait un jeune talent pour relancer sa banque.

Il avait eu un bon contact avec Simonnet, qu'il trouvait malin, efficace et ambitieux. Il l'embaucha. Le jeune haut fonctionnaire ne se fit pas prier deux fois, et quitta sur le champ son petit bureau obscur de la rue de Rivoli.

Il se donna trois ans pour muscler son jouet. Trois ans pour engager et former des équipes, lancer quelques petites OPA pour se faire la main, et surtout se constituer le cash flow qui serait nécessaire pour engager sa bataille obsédante. Il acheta pour une fortune d'obligations, des emprunts émis par les grandes entreprises et les États, qui rapportaient alors un intérêt annuel de 17 %. Simonnet avait senti que les taux d'intérêt, grâce à la disparition de l'inflation, allaient s'effondrer. Et il avait eu raison. Son stock d'obligations, qui rapportaient un revenu bien supérieur aux nouveaux taux du marché, prit peu à peu une grande valeur, et lui dégagea les ressources nécessaires pour financer la croissance de sa banque. Sa manœuvre n'avait pas été bien compliquée : il suffisait de sentir le vent. Tout le monde alors jouait sur les taux. Il se créait à Paris chaque semaine une nouvelle banque de trésorerie, un établissement financier bourré de logiciels informatiques, qui profitait de tous les mouvements de taux d'intérêt, ou sur les monnaies, pour faire des profits en jouant sur les différentiels existant à travers les marchés mondiaux. Par exemple, quand le dollar baissait à Tokyo, le mouvement pouvait mettre une minute pour atteindre Paris. Il fallait avoir le réflexe d'acheter ses dollars au Japon, et de les vendre en même temps en Europe, un peu plus cher, en encaissant la différence. Ce furent des années de folies financières en tout sens, où la spéculation et le goût du jeu retrouvaient une partie du lustre qu'ils avaient au début du siècle.

Pinguet, le meilleur trader de la maison, franchit la porte de son patron en coup de vent.

— Ça y est, on détient 30 % de leur capital. Mais les prix commencent à devenir fous.

— Aucune importance. Continuez. Maintenant, mon cher baron, nous sommes à égalité.

— Je sais que cela ne me regarde pas, mais ce que nous faisons est illégal. Comment allez-vous vous arranger avec la COB et les autres instances ?

— Nous allons leur annoncer gentiment que nous détenons 10 % du capital. Nous ferons cette honnête déclaration à tout le monde, et nous demanderons au comité des établissements de crédit de la Banque de France l'autorisation de franchir la barre des 10 %. Cette Coloniale détenant une banque, nous ne pourrons rien faire sans le feu vert des autorités monétaires. Mais cela ne posera aucun problème. Ils mettent des semaines à autoriser les étrangers à investir dans les établissements français, mais avec nous, ils iront très vite. Ils n'ont mis que quelques minutes pour décider que Georges Pébereau pouvait prendre plus de 10 % de la Société Générale. Nous planquerons les autres 20 % de titres en notre possession dans les comptes de nos amis. Et dès que nous aurons nos autorisations, ils nous les revendront immédiatement, et l'affaire sera dans le sac.

— Et si la COB reconstitue le trajet des titres et établit qu'ils sont passés entre vos mains ?

— D'une part, on n'a jamais vu la COB se mouiller dans ce genre d'histoire, d'autre part mon meilleur ami y travaille, et pourra nous donner un coup de pouce. Tant que la nouvelle loi n'est pas passée, ils nous condamneront dans le pire des cas à verser une amende de 100 000 balles. Sur un deal à 4 milliards, c'est peanuts. Alors, tranquillisez-vous. Excusez-moi, il faut que je parte maintenant, on m'attend dans les hautes sphères.

Pinguet sourit avec admiration. Il savait où allait Simonnet : rue de Solférino, au siège du PS, dont il était un des principaux collaborateurs et informateurs extérieurs. La rumeur lui prédisait un grand avenir ministériel. Pierre Bérégovoy l'appréciait, et lui demandait automatiquement son avis avant toute décision. Le ministre aimait chez lui son insolence, son mépris de l'establishment et des règles établies. Et même si ce banquier donnait des boutons aux caciques du Parti, qui se demandaient ce qu'il pouvait bien avoir de socialiste, on pensait à lui pour le ministère du Budget, lors du prochain remaniement ministériel. Dans sa tête, ce poste n'était évidemment qu'un marche-pied. Tout ceci expliquait sa rage à en finir le plus rapidement possible avec l'affaire Champsaur. Il voulait s'en libérer, pour faire ensuite ce que bon lui semblerait.

E pericolo sporgersi

ÉVIDEMMENT, il crachouillait sur Vannes. Pour un enterrement, la pluie s'imposait. Le chauffeur fourni en prime de la voiture expliquait à Sophie que les Kervalec étaient une des familles les plus prestigieuses de la région. Une vieille lignée bretonne qui avait dignement tenu son rôle durant la révolte des Chouans. Mme de Kervalec avait été maire de son village pendant trente ans, et avait reçu la Légion d'honneur pour son action durant la guerre. Son prestige avait rejailli sur sa belle-fille, considérée ici comme quelqu'un de très bien. Lorsqu'elle venait, elle tenait parfaitement son rôle, recevant les notabilités avec une aisance digne de sa famille. Et le tout couronné de simplicité. Quelle tragédie tout de même. Quel dommage aussi qu'elle ne soit pas venue plus souvent. M. Jean-Louis, lui, on le voyait régulièrement. Au moins un week-end sur deux. Il avait gardé de très bons amis dans sa contrée natale, et il faisait du bateau. La famille parfaite. Sophie s'amusait déjà des ravages que ferait le prochain numéro de *Match* ou *Détective* par ici. Elle faisait confiance à ces journaux pour trouver des photos compromettantes de Viviane et raconter ses frasques. Pauvre Jean-Louis ! Son image de marque allait en prendre un coup.

Elle suivit l'enterrement de la voiture avec une paire de jumelles, estimant inutile d'aller déranger la cérémonie. Elle était là seulement par curiosité. Jean-Louis avait l'air très triste. À ses côtés, un jeune homme élégant pleurait. Ce devait être Aymeric. Il était très beau. Les larmes coulaient lentement sur un visage impassible. Elles seules témoignaient d'une quelconque émotion. Derrière eux, une silhouette ressemblant à celle de Jean-Louis marchait pesamment. Antoine, ou Charles, son fils aîné, sans doute. Et une foule de gens très bourgeois.

— Toute la fine fleur de la région est venue. Ils se tiennent les coudes dans les cas comme ça.

Le chauffeur faisait ses commentaires à voix basse. Elle détestait les enterrements. Elle n'était même pas allée à celui de son père. Elle ne comprenait pas pourquoi des groupes silencieux s'obstinaient à suivre des cadavres. L'utilité en était plus que réduite. Tout devenait plus douloureux pour la famille, obligée de se donner en spectacle. À moins qu'au contraire, ses membres ne se sentent soulagés de devoir exprimer leurs émotions. Il faudrait en discuter avec ses amis à son retour. Rien d'extraordinaire n'arriva, à son léger dépit. À 13 heures, tout était terminé. Elle avait un train à 15 h 30. En l'attendant, elle alla manger des crêpes. Après tout, c'était la spécialité locale. Elle fit un tour en ville, s'acheta un petit pull affreux, comme elle le faisait à chaque escapade provinciale, et arriva juste à temps à la gare. Elle sauta dans un wagon alors que le convoi s'ébranlait. Il était rempli de scouts bruyants et insupportables. Elle remonta le couloir, à la recherche de calme.

En traversant les premières, elle aperçut, seul dans son compartiment, un jeune homme très sérieux, plongé dans la lecture des *Complexes familiaux* de Lacan. Il portait un jean noir et un pull de cachemire gris. Il ressemblait à Aymeric. Elle entra, et reçut un regard de mépris et d'indignation qui aurait dû la foudroyer. Ce jeune homme semblait tenir à ses aises.

— C'est le seul compartiment que vous ayez trouvé dans un train à moitié vide ? Si vous cherchez de la compagnie, vous devriez aller plus loin.

Il disait tout haut ce que la plupart des voyageurs pensent tout bas en de telles occasions. Il allait être difficile à manœuvrer. Il fallait le surprendre.

— Ne soyez pas si dur. J'ai eu le coup de foudre pour vous en traversant le couloir. Je resterai sagement dans votre ombre.

— Vous tombez mal avec moi. Vous n'avez strictement aucune chance de m'émouvoir, comprenez-vous ?

Le ton s'était adouci, il souriait. Elle avait marqué un point. Mais il semblait vraiment caractériel.

— Vous ne sortez jamais sans votre Lacan ?

— C'est très surfait. Je le balade avec moi essentiellement pour épater et faire fuir les petites filles. Mais j'ai des choses plus marrantes dans mon sac.

— Vous avez une névrose ou une psychose ?

Elle essayait de placer les rares termes freudiens qu'elle connaissait.

— Névrosé, bien sûr. Je suis en cure de psychanalyse depuis quelques mois. J'ai du mal à assumer mon homosexualité.

— On ne dirait pas.

— C'est un des effets de la cure. Je n'arrête plus d'en parler à tout le monde. Avez-vous remarqué que tous les allongés racontent leurs problèmes à la terre entière ? Une fois décoincé, impossible de s'arrêter. Chez les autres, je trouve cela parfaitement insupportable.

— Avant que vous n'alliez plus loin, je préfère vous prévenir par honnêteté. Je suis inspectrice de police. J'enquête sur l'assassinat de votre mère.

— Vous n'allez pas vous amuser. Entre ses amants, ses

ennemis et sa famille, il sera dur de trouver un seul coupable. Moi-même, j'ai souvent eu envie de la tuer.

— Et vous ne l'avez pas fait, bien sûr ?

— Je ne sais pas. Je suis peut-être schizophrène. Non, je trouvais nettement plus amusant de l'user un peu chaque jour. Si votre assassin m'avait laissé quelques semaines supplémentaires, je crois que je l'aurais menée au seuil de la dépression. Je laisse les méthodes expéditives à ceux qui manquent d'imagination, ou qui sont pressés. Je croyais avoir pour moi le temps, et ma tête, fort bien faite.

— Vous n'êtes pas modeste.

— Non, mais c'est paraît-il de mon âge, donc excusable. Et j'ai l'honnêteté de l'avouer. N'en tirez aucune autre conclusion. Je ne crois pas au surhomme, je ne crois pas au primat de l'intelligence. Je serais même très démocrate, et donc absolument opposé à toute forme de crime.

Il avait un petit nez légèrement en trompette, une peau blanche très fine, parsemée de légères taches de son, des cheveux très noirs et des yeux d'un bleu total, absolument glacial. Elle avait du mal à soutenir son regard.

— Vous devez être insupportable.

— Absolument, oui.

— C'est étrange, tout à l'heure, vous pleuriez pourtant. Et vendredi, vous aviez été très dur avec votre mère au Vaudeville.

— Vous êtes au courant ! Mais c'est abominable, on ne peut plus avoir de vie privée dans ce pays. J'ai pris le parti de répéter à mes parents tout ce que je déballe à mon psy. Alors, parfois, ils se mettent très en colère, quand je leur dis que tout est de leur faute.

— Mais c'est ridicule. Pourquoi leur faire subir tout ça ? Vous leur faites du mal, pour rien. Vous feriez mieux de quitter leur domicile. C'est ce que j'avais fait à votre âge.

— Je n'en ai pas envie. Et ça m'amuse. C'était parfois dur avec ma mère, mais elle le méritait. Fouineuse comme vous êtes, vous devez déjà connaître son passé, bien entendu ? Il est hors de question que je le lui pardonne.

— Je ne pensais pas que c'était connu par tous les membres de sa famille. Votre père est censé ne rien savoir.

— Mon père savait tout. Sa conduite a été inqualifiable. Il arrivait parfois des coups de fil à la maison, des conversations d'elle que je surprenais, des livres qui traînaient... J'ai vraiment décroché le cocotier en naissant dans cette famille de dingues. Heureusement que nous avons de l'argent, ça me permet de soigner mes déprimes en dévalisant les magasins.

— Vous n'avez pas l'air de croire vous-même à vos tirades.

Pour la première fois, il rit franchement.

— Tiens, vous ne marchez pas. Il est pourtant rare que mon petit mélo ne donne aucun résultat. Il est un peu outré, mais le fond n'est pas complètement faux.

Il l'amusait beaucoup. Sa révolte et ses colères lui rappelaient une période de sa vie, où elle aussi avait envie de tout briser, envie de constamment meurtrir ses parents. Elle avait été comme ça. À cause de lui, elle retrouvait presque intactes au fond de son estomac les sensations de ces années-là, les cris qu'elle n'osait pas pousser. Il y avait pourtant une grande différence : elle avait claqué la porte, s'était construit une nouvelle vie, ailleurs. Lui était bardé d'un cynisme étonnant. Il était bien plus dur, bien moins innocent qu'elle n'avait jamais été.

— Votre mère était donc si difficile à supporter ?

— Non, elle avait ses bons côtés, mais elle s'était détruite volontairement, égoïstement sans penser à moi. Alors j'ai agi comme elle.

— Évidemment, vous n'avez pas d'idée particulière sur l'identité de l'assassin.

— Si. Il y en a plusieurs de possibles, mais je ne peux pas en parler sans preuves. Je vous appellerai si une piste se confirme.

— C'est gentil à vous. Comment se fait-il que vous rentriez déjà à Paris ?

— Mon père m'avait obligé à venir. Il m'a fait un véritable scandale. J'ai fini par céder, mais je n'avais aucune envie de me taper en plus la veillée familiale. Je préfère rester seul à la maison, ce sera moins pénible. En plus, demain, j'ai mon cours de piano.

— Oui, votre père m'a dit que vous étudiiez la musique à la Sorbonne.

— Non, pas la musique, la musicologie. C'est une discipline absolument inutile, mais si vous allez jusqu'au bout, vous devenez à votre tour un professeur de musicologie, qui formera lui-même de futurs professeurs de musicologie. C'est une des aberrations amusantes de notre système universitaire. En fait, c'est pour cela que je l'adore : consacrer autant de temps à des choses inutiles. Jamais je ne travaillerai, je peux me le permettre. Mais j'ai aussi l'intention d'entrer au Conservatoire, et de devenir un grand musicien. Je suis assez doué. Comme ça, je rencontrerai peut-être un beau chef d'orchestre, nous nous aimerons, et nous aurons plein de petits violons. Un avenir radieux m'attend.

Sophie ne savait plus trop quoi lui demander. La conversation s'éteignit, et ils se plongèrent dans leurs ouvrages respectifs jusqu'à la gare Montparnasse. Une question lui vint alors.

— Parlez-moi d'Antoine.

— Charles, vous voulez dire ? C'est le cas typique du bon à rien, pas très brillant, et bourré de complexes. Je ne le connais que superficiellement, car nous avons quinze ans de différence, mais j'ai une piètre opinion de lui. Il veut faire comme papa, et il n'y arrive pas. Alors il boit, et parfois, il devient méchant. C'est caricatural, mais pas faux, je vous assure. Ils ont fait un très sale coup, avec maman, à un des employés de la charge. Michel Boussois devait devenir agent de change, et s'associer avec papa, pour prendre ensuite sa succession. Tout le monde était d'accord. Son élection comme agent de change n'aurait pas fait un pli, car il est très gentil. Charles était bien incapable de prendre la suite, tout le monde le savait, et moi je n'en voulais pas. Et là-dessus, mon Charlot qui fait un scandale, qui refuse absolument. Et je crois que c'est ma mère qui l'a poussé. Boussois, complètement étouffé, a dû rester fondé de pouvoir. Et il fait toujours le boulot du patron. Quand je pense que ce garçon rêvait depuis sa naissance de porter le titre d'agent de change, et que maintenant, il ne pourra plus jamais l'être... Je n'ai jamais compris pourquoi ma mère a fait ça. Parfois, je me dis qu'elle espérait que je piquerais ensuite la place de Charles, parfois je me demande si ces deux-là ne couchaient pas ensemble. Je lui ai posé la question, elle n'est pas arrivée à me convaincre complètement du contraire.

Évidemment, il manquait un soupçon d'inceste à cette histoire. Maintenant tous les ingrédients étaient au complet, même si ce gamin complètement malade avait tout inventé.

— Vous avez eu connaissance de faits précis ?

— Non, mais c'est logique. Suivez mon raisonnement. Charles fait le même métier que papa, sous les ordres de papa, en rêvant de l'égaler. Donc, il est normal qu'il tombe amoureux de la femme de son père, qui est par ailleurs charmante, et pas tellement plus âgée. Ils avaient de drôles de rapports tous les deux. Ma mère avait toujours entretenu une relation ambiguë avec lui : mi-sœur, mi-mère. Alors pourquoi pas mi-maîtresse ? C'est un faible. Les faibles font parfois n'importe quoi.

— On ne peut vous faire ce reproche, mais votre

raisonnement est vraiment farfelu. On dirait du mauvais Tennessee Williams.

Le train s'immobilisa.

— Non, je ne crois pas. Eh bien, nous voilà arrivés. Je dois vous laisser car j'ai un rendez-vous. Faire votre connaissance fut un plaisir. Et je pense que nous nous reverrons rapidement.

Quel drôle de petit bonhomme tout de même. Il faudra vérifier auprès de son psychiatre qu'il n'est pas totalement mythomane, et qu'il est vraiment inoffensif. Elle n'en mettrait pas sa main au feu. Il est suffisamment sûr de lui et calculateur pour penser que la Justice ne pourrait jamais le coincer s'il commettait un crime. Un homosexuel névrosé tuant sa mère, ce serait même banal. Du mauvais Tennessee Williams, une fois de plus. Le frère aîné avait l'air gratiné aussi. Il lui était antipathique *a priori.* Enfin *a priori,* façon de parler. Après le tableau que lui avait dressé la petite peste, n'importe qui se méfierait de Charles. Boussois aussi ferait un bon coupable. Les suspects étaient nombreux, et tous avaient eu la possibilité physique de commettre l'acte, puisqu'ils se trouvaient au Palais.

En arrivant chez elle, elle trouva un message d'André sur son répondeur. Une proposition de rendez-vous, pour le soir-même si elle voulait. Elle l'appela.

— Non, ce soir je suis crevée. Mais demain je passerai déjeuner à ton bureau. Je voudrais bien voir à quoi ressemble ta COB. Vers 13 heures. Je t'embrasse, à demain.

Puis elle passa un coup de fil à Sureau, pour savoir s'il y avait du neuf. Sureau n'était pas chez lui. En voilà un sur qui elle enquêterait volontiers. Ce garçon était d'une discrétion étonnante sur sa propre vie privée, alors qu'il mettait toujours son museau dans celle des autres.

Elle alla farfouiller dans son congélateur, en sortit le

premier étui de Cuisine légère qu'elle vit, le passa au micro-ondes et se jeta sur le nouveau recueil de nouvelles de Selby, qu'elle venait d'acheter. De temps en temps, elle coupait sa lecture, se demandant si elle pouvait retomber amoureuse d'André. Il était quand même triste à son âge de ne pouvoir coucher avec un ami sans se demander si cela allait déboucher sur une histoire d'amour. Elle ne viendrait jamais à bout de son incurable romantisme de pacotille. Viviane était-elle romantique elle aussi ?

Conversations secrètes

DANS le grand bureau tapissé de bois d'ébène, un filet de fumée nauséabonde montait du cendrier. Le baron de Champsaur reprit son cigare nerveusement et tira trois bouffées. Il faisait le point de la situation de la Compagnie coloniale, avec son secrétaire général, Jean-Edmond Poret.

— Maintenant, Poret, il faut aller très vite. Nous avons un avantage et nous devons en profiter. Si Farnes achète 10 % de nos actions, plus de 40 % du capital sera à l'abri. On trouvera bien un ou deux alliés supplémentaires pour atteindre la majorité.

— Paribas s'est proposé ce matin. Ils m'ont dit détenir 5 % du capital. Ils sont prêts à nous les amener, mais en échange ils réclament le contrôle des Acajoux de l'Afrique-Équatoriale.

— Ils ne perdent pas le nord. C'est bien dans leurs manières. Mais jamais ils ne les auront. C'est en Afrique-Équatoriale et en abattant du bois que j'ai fait fortune. Cette compagnie est la première que j'ai fondée. Et puis on ne peut pas la leur laisser, vous plaisantez : elle exploite aussi des mines de cuivre et de diamants, et ils ont décroché des droits de forage pétrolier.

— J'imagine que Paribas s'est tenu le même raisonnement.

— Ce sont des vampires. Non, proposez-leur plutôt les cimenteries. Elles sont en bon état.

— Je l'ai déjà fait, mais ils n'en veulent pas. Ils disent en avoir déjà suffisamment.

— Ils mentent. Il y a quelques mois, ils voulaient racheter un cimentier italien. Ils essaient seulement de faire monter les enchères. Ah, mais je sais qui peut être intéressé par mes ciments. AXA-MIDI. Ils sont très « ciments », eux. Demandez à Claude Bébéar combien de titres Coloniale il détient, et si c'est suffisant, faites l'échange. Si ça rate, il faudra nous séparer d'une filiale importante. Mais je m'en fous, je préfère perdre les jambes que la tête. Le groupe de lord Beanfield serait sûrement prêt à nous aider, mais eux, je sais ce qu'ils veulent me prendre. On ne les appellera qu'en dernier.

Le baron et Beanfield étaient de vieilles connaissances. Ils avaient tous deux baroudé en Afrique après la Seconde Guerre mondiale. Beanfield, qui n'était pas encore lord, pour faire fortune, et Champsaur pour se faire oublier. Il était devenu indésirable en France avec la victoire des Alliés. Tous deux avaient commercé, échangé n'importe quoi avec les Africains. Ils avaient même monté une imprimerie de fausse monnaie. Et un jour, ils avaient pu s'offrir le domaine de leurs rêves. Champsaur possédait les forêts tropicales de l'Afrique noire, dont il exploitait le bois et l'ivoire. Beanfield était descendu plus au sud, vers l'or et les diamants. Aujourd'hui, il était à la tête d'un conglomérat possédant les plus grands hôtels du monde, quelques champs pétrolifères, des usines textiles et quelques banques. Il voulait absolument avoir sa banque en France. La banque Champsaur, par exemple. Bien qu'elle portât son nom, le baron n'en faisait pas une question de principe. C'était la règle du jeu dans le monde capitaliste.

Si on se fait attaquer, il faut sauver sa peau à n'importe quel prix. Aucun groupe n'est jamais sorti intact d'un combat boursier. Jamais. Soit il doit céder ses plus beaux morceaux à l'attaquant, soit son défenseur, le fameux « chevalier blanc », qui est rarement d'une blancheur vraiment éclatante, devient son véritable patron. La plupart des industriels français étaient effrayés par ces règles barbares et montaient désespérément des barrages anti-OPA autour de leurs sociétés. La dernière mode en la matière était de s'acheter une banque. En effet, pour acheter ne serait-ce que 10 % du capital d'un groupe possédant une banque, il faut obtenir l'aval de la Banque de France. Celle-ci ne peut décemment rejeter la demande lorsqu'elle émane d'un groupe sérieux, mais elle peut faire traîner les choses, et permettre ainsi à l'attaqué de mettre au point sa riposte. C'était la mésaventure survenue à l'assureur italien Generali et à son allié la banque Lazard, lorsqu'ils avaient voulu s'emparer de la Compagnie du Midi. Celle-ci possédait une toute petite banque, ce qui a permis au gouvernement de bloquer les Italiens pendant plus d'un mois, et à Bernard Pagézy, le P-DG du Midi, de sauver sa peau, au moins provisoirement. Bien sûr ensuite, il s'est fait avoir par Claude Bébéar, le patron d'AXA, et il a dû démissionner. Mais il a quand même bénéficié d'au moins 9 mois de sursis. Que demander de plus ? Sa tactique a donné des idées à d'autres, et notamment à Antoine Riboud, le P-DG du plus grand groupe français d'agro-alimentaire, BSN, qui s'était *illico presto* acheté une banque minuscule.

Champsaur avait lui aussi tout fait pour se protéger d'un raid, mais il avait échoué. Il appela tout de même lord Beanfield, pour s'assurer de son soutien.

— Henry, combien de titres peux-tu apporter ?

— J'avais 4 % depuis longtemps, tu le sais, et ces

derniers temps, j'ai un peu renforcé ma position. Je pensais t'être ainsi agréable, mon vieil ami.

— Tu veux toujours ma banque ?

— Oui.

— Si ça va très mal, tu l'auras.

— Non.

— Comment, non !

— J'ai besoin d'une réponse tout de suite. Tes adversaires m'ont déjà contacté, et je les ai trouvés très corrects. Ils sont prêts à me céder la banque sans faire d'histoires.

— Mais elle est encore à moi !

— Combien crois-tu posséder de ton groupe ?

— Mais 40 % des actions, environ.

— Mon pauvre vieux, tu te trompes, et tu me déçois. Renseigne-toi un peu mieux. Et il y a autre chose. Simonnet, qui, entre parenthèses, est un garçon très brillant, m'a expliqué quelques petites lois de ton beau pays. Pour acheter une banque française, il faut avoir l'agrément de la Banque de France. Pour avoir l'agrément de la Banque de France, il vaut mieux avoir celui du gouvernement. Vous êtes un pays assez bien protégé, vous savez.

— Et alors ?

— Mon cher ami, malgré toute l'estime que je te porte, tu es battu d'avance. Simonnet est au mieux avec votre gouvernement. Toi, à force de hurler sur les toits contre eux dans *Valeurs actuelles* ou je ne sais où, tu t'y es fait des ennemis. Ils ne feront rien pour t'aider, m'a dit Simonnet. Ils préféreront un sale Anglais comme moi, à une ordure de Français comme toi. Je te signale que ma filiale française les a un peu aidés à financer leurs dépenses électorales. J'imagine que tu n'avais même pas pensé à faire un tel geste.

— Beanfield, tu es un tas de merde.

— Oui, mais un tas lucide. Ne t'en fais pas, si la situation se renverse, je repasserai à tes côtés.

Le baron raccrocha brutalement.

L'affaire s'annonçait difficile. Il n'avait plus le temps d'augmenter son capital, et il ne pouvait compter sur un grand soutien du côté gouvernemental. De toute façon, il n'aurait jamais fait appel à ces cochons de socialistes. Sa dernière cartouche consistait à faire chanter Simonnet. Oui, mais alors comment s'en sortir ? Viviane aurait pu l'aider, mais cette salope l'avait presque envoyé balader, la semaine d'avant. Il aurait dû se méfier d'elle bien plus tôt. Elle était trop maligne. Elle faisait désormais cavalier seul, et elle l'avait sûrement escroqué. Elle n'avait eu que ce qu'elle méritait. Champsaur enrageait, il était persuadé qu'elle avait eu les moyens d'emmerder Simonnet. Ce petit con était tombé dans un de ses pièges, quand il était jeunot, mais il n'avait jamais pu en avoir la preuve. Pourtant, si Viviane avait bien fait son boulot à l'époque, il aurait dû être lui aussi épinglé dans l'album familial.

Le baron possédait en effet une jolie collection de photos compromettantes. Il ne comprenait pas très bien pourquoi, tout ceci étant après tout naturel, mais ceux qui se retrouvaient sur les clichés en tremblaient. Son pavillon de chasse était parfois le théâtre de soirées très déshabillées, où il conviait ses amis. Dans ses beaux jours, Viviane y avait été très appréciée. Elle maniait le fouet comme pas deux, et elle ne se prenait jamais au sérieux. Elle était parfaite, tout simplement. Elle pouvait tout faire. Parfois, le baron conviait aussi ses ennemis, ou des gens pouvant être utiles à ses affaires. Il se rappellerait toujours de ce jeune homme, frais émoulu de l'ÉNA, et qui occupait un poste important à la direction générale des impôts, juste au moment où la Coloniale subissait un contrôle fiscal. Il avait commencé par inviter le jeune homme à un déjeuner. Le petit avait été visiblement très flatté. Puis il l'avait invité à une soirée du pavillon. Et l'autre avait accepté. Ce soir-là, il avait fait donner le grand jeu, et il avait eu soin de prendre des photos. Le jeune homme devait, malheureusement pour lui, épouser peu de temps après une jeune fille très comme il faut. Il ne tenait pas à l'informer de ses incartades. Il avait donc suspendu le contrôle fiscal du baron. Champsaur en tenait quelques autres de la même façon. Malheureusement, ces pressions s'étaient ébruitées dans Paris, et désormais, les invitations au pavillon étaient régulièrement déclinées. Pourtant, ces pratiques étaient devenues presque courantes dans le monde des affaires. Certains intermédiaires excellaient dans ce genre de prestations.

Qui lui avait parlé d'une agence de publicité qui avait connu une croissance fabuleuse en faisant appel à ces méthodes ? Mais même s'il avait eu en main les photos compromettantes de Simonnet, le chantage ne marcherait pas forcément avec lui. Il était divorcé, il ne risquait rien dans son boulot. Et ce n'était pas les états d'âme qui l'étouffaient...

De son côté, Simonnet faisait le point avec son commanditaire.

— Vous êtes sûr qu'il ne se doute toujours de rien ?

Il regardait Felipe, attendant sa réponse.

— Ce bonhomme est beaucoup trop arrogant pour croire que ses alliés peuvent l'abandonner. Il faut en profiter.

— Lord Beanfield m'a appelé. Champsaur lui a aussi demandé son aide. Pour le moment, il reste avec nous.

— Mais il va faire monter ses exigences.

— Si j'ai bien compris, il voudrait aussi avoir une banque en Espagne.

— Si ce n'est que ça, on pourra s'arranger, j'en ai déjà

deux. Mais il n'aura que la plus petite. Et ne cédez là-dessus qu'à la fin. Je n'ai aucune envie de lui donner ensuite des banques dans tous les pays du monde.

— Suez marche toujours avec nous, ils me l'ont confirmé. Eux réclament les filiales de distribution des eaux du Sénégal. Ils veulent les donner ensuite à la Lyonnaise des Eaux.

— Si ce n'est que ça, c'est bon.

— Je ne sais toujours pas ce que va faire Paribas. Leurs négociations avec le vieux sont au point mort. Ils sont beaucoup trop exigeants : ils veulent absolument avoir les Acajoux.

— C'est hors de question. C'est le bijou de l'empire. S'ils le voulaient tant que ça, pourquoi n'ont-ils pas lancé eux-mêmes l'OPA ?

— Ils manquent un peu d'initiative depuis quelques années.

— Ce n'est pas une raison pour s'accrocher au talent des autres.

— Ah, j'oubliais Lazard. Ils m'ont promis de rester neutres. Ils nous donneront peut-être un coup de pouce si on cale. Ils ont un vieux compte à régler avec notre ami depuis l'Occupation.

— Alors, la voie est grande ouverte ?

— Pas encore tout à fait. Il va falloir faire attention aux réactions. Vous êtes un étranger, et espagnol en plus.

— Si, mais yé souis muy simpatico, no ? Je fais toujours rire les journalistes, ils m'adorent, ils me soutiendront.

— Oui, mais quand on va comprendre qu'un Espagnol, presque un sous-développé, met la main sur un empire financier français, ça va faire mal. En plus, avec le soutien d'un Anglais. Je ne suis pas encore totalement sûr que le ministère des Finances ne nous mettra pas quelques bâtons dans les roues, si la presse se déchaîne. Et Champsaur va être très dangereux. Il va essayer de rameuter l'opinion publique.

— Mais c'est stupide, je suis européen, non ? Chez nous, en Espagne, tous les investisseurs étrangers sont accueillis chaleureusement. Ils créent des emplois, c'est ça qui compte. N'oubliez pas 1992, le Marché unique. Votre presse ne parle que de cela.

— En France, nous avons un peu de retard en la matière. Il ne faudra vous dévoiler que le plus tard possible.

— Mais je suis socialiste, moi aussi.

— Ce n'est pas une raison suffisante pour vous acheter n'importe quoi ici. Rappelez-vous, quand on a découvert que le Britannique Robert Maxwell, ancien député de gauche, ami de notre président, et marié à une Française, voulait racheter Havas, même les socialistes ont eu un coup de sang. Si, si, je vous assure. Nous ne sommes pas en Belgique ici, les gens sont très tatillons sur ces problèmes de nationalité.

— Mais comment va-t-on faire alors ?

— Je crois que nous n'allons pas lancer d'OPA, du moins officiellement. Nous allons nous contenter d'acheter en bourse et essayer d'arriver le plus vite possible aux 50 %. Le gros problème est que nous allons devoir mentir sur les franchissements de seuil. Alors voilà ce que nous allons faire. Vous, vous allez déclarer votrè seuil de 10 % à la Banque de France. Comme le baron de Champsaur pense qu'à ce niveau, c'est encore amical, vous aurez rapidement le feu vert des autorités monétaires. Ce feu vert vous permettra d'arriver jusqu'aux 20 % sans avoir rien d'autre à dire. De mon côté, je vais aussi déclarer le seuil de 10 % dès cet après-midi. Le Comité des établissements de crédits, qui distribue les autorisations, se réunit dans deux jours. Ils me donneront facilement leur feu vert à moi aussi, puisque toute la place est derrière moi. À nous deux, légalement, on pourra atteindre les 40 %. Plus

Beanfield, et un ami, ce sera bon. Et quand la tempête sera calmée, je vous céderai ma part, et vous aurez le pouvoir. On jurera que ce n'était pas prévu au départ. Et comme j'ai eu soin de faire passer tous vos ordres d'achat par une autre banque que la mienne, personne ne pourra rien prouver.

— Vous êtes sûr de lord Beanfield ?

— Presque.

— Autrement dit, pas énormément.

— J'ai acheté une petite banque en Italie il y a deux mois. Je voulais m'en servir comme plate-forme de développement, ou la vendre à Duménil-Leblé, mais s'il le faut, pour s'assurer sa fidélité, je la sacrifierai. Je crois qu'on pourra être ensuite tout à fait sûr d'un homme qui va recevoir trois jolies banques.

— Je vous fais confiance. Et comment avancent vos affaires avec les socialistes ? Vous vous amusez bien avec les noyaux durs ? Vous savez que Suez m'avait proposé de faire partie du sien, à la privatisation ? Balladur n'a pas voulu de moi. Il trouvait que la gauche latino-affairiste était déjà suffisamment représentée avec Carlo de Benedetti. Dommage.

Le problème des noyaux durs agitait toute la communauté financière. Quand il avait privatisé les entreprises publiques, Édouard Balladur avait, dans la plupart d'entre elles, distribué une bonne partie du capital à des financiers triés sur le volet, avec l'accord des dirigeants de ces sociétés. Il était évident que l'on ne pouvait lâcher des entreprises dans la nature sans les doter d'un actionnariat stable, d'un « noyau dur », capable théoriquement de les défendre en cas d'OPA. Malheureusement, le choix de ces actionnaires avait été fait par Balladur en personne, qui en avait endossé la seule responsabilité, et il avait parfois un peu trop avantagé ses amis du RPR, notamment chez Havas. Socialistes et barristes, qui s'étaient sentis exclus du gâteau, n'en décoléraient pas. Une fois la gauche retournée au pouvoir, des grandes manœuvres s'étaient donc immédiatement mises en branle, avec l'appui du gouvernement, pour recomposer des actionnariats jugés trop partisans. En fait, chacun justifiait son jeu personnel par de grandes raisons politiques, sans fondement réel. L'affairisme le plus amoral s'est retrouvé au pouvoir. Et Édouard Balladur s'amuse depuis devant ses amis en disant que finalement ses noyaux durs n'étaient que des noyaux en plastique.

— Le mécanisme du noyau est très intelligent, très pervers aussi, puisque personne ne le conteste sur le fond. Il aboutissait à un résultat logique : donner le pouvoir économique à la droite. Ce qui est normal, puisque les capitalistes de gauche sont rares. Vous avez Antoine Riboud, chez BSN, ou Jérôme Seydoux aux Chargeurs. Nous avions donné la Cinq à Seydoux, mais il n'a eu droit à rien sous Balladur. Il a même perdu la Cinq, sans réaliser d'ailleurs que c'était un cadeau inestimable qu'on lui faisait, compte tenu des pertes d'exploitation de cette chaîne. Et la gauche ne veut plus rien lui donner, parce que Mitterrand ne l'aime plus.

— Vous faites bien partie du groupe chargé de réfléchir au moyen de détruire ces noyaux ?

— Oui, mais nous sommes très embêtés. On tombe toujours sur le même problème : l'argent est à droite. Donc au final, nous donnons un feu vert implicite à des soi-disant barristes pour attaquer des soi-disant RPR. Prenez l'attaque sur la Société Générale. Certes, Marc Viénot, le P-DG de la banque serait plutôt RPR, et le numéro deux est le propre beau-frère de Balladur. Bon. Et qui les attaque ? Georges Pébereau, qui n'a d'idées politiques que là où se trouve son intérêt, allié au P-DG de Perrier, Gustave Leven, à celui des chaussures André, Jean-Louis Descours, et à François Dalle de l'Oréal. Trois riches affairistes qui soutiennent Barre. Et tout ça aidé par la rue de Rivoli, avec l'accord implicite de Rocard, et l'argent public de la Caisse des Dépôts. C'est vrai comme le dit Fauroux que ça ne paraît pas très propre, mais on est obligé d'en passer par là. On se salit les mains pour ne pas laisser le RPR aux commandes économiques. Tous les moyens sont bons contre lui. Et au diable la morale.

— Vous avez vraiment de drôles de mœurs dans ce pays. Vous avez peur des étrangers, mais quand vous privatisez, c'est le fait du prince. Le ministre décide tout seul des acheteurs de vos plus belles entreprises. Et vous, après, vous faites pareil. Aucun compte à rendre à personne. Et moi, on va me faire des problèmes à n'en plus finir parce que j'achète un malheureux groupe. Ça ne vous gêne pas d'ailleurs de mener une attaque pour le compte d'un métèque ?

— Ah, ne confondons pas ! Quand je suis banquier, mon métier est de gagner de l'argent. Quand je monte une aussi belle opération, je rapporte d'énormes profits à mes actionnaires, et je me fous du nom de l'acheteur. Mais quand je conseille mon gouvernement, je dis : il faut défendre les intérêts nationaux. C'est une simple gymnastique intellectuelle, très simple je vous assure.

— *Madre de Dios.* Mais vous êtes tous fous, tous schizophrènes.

— Mais bien sûr. Je peux vous trouver des tas d'exemples comme ça. Tenez, pour les privatisations, il s'est passé des choses énormes. D'abord, tout le monde murmure que les heureux élus avaient tous contribué à la campagne électorale du RPR. Ça, je dois avouer que je n'en sais rien, mais comme nous faisons parfois la même chose, avec nos modestes moyens, ça ne m'étonnerait pas. Mais le pire, c'est que l'État a manipulé le cours des titres avant les privatisations, pour arriver au prix qu'il voulait.

— Mais puisqu'elles étaient nationalisées, comment ces entreprises pouvaient-elles être cotées ?

— Très simplement. La plupart des entreprises publiques avaient été autorisées par la gauche à émettre des certificats d'investissement. C'étaient des actions, dont l'État conservait le droit de vote. Autrement dit, il conservait intégralement le pouvoir. Un instrument financier aberrant, entre parenthèses, un vrai attrape-gogos. Bon, passons. Ces certificats étaient donc cotés en bourse. Et qu'a-t-on constaté avant la privatisation de Saint-Gobain ? Que les établissements financiers publics, comme la Caisse des Dépôts, vendaient des milliers de certificats, pour noyer le marché et faire baisser son cours. Comme ça, on est arrivé à chaque fois au prix choisi par Balladur. Une vraie manipulation de marché, ordonnée par l'État. Aux États-Unis, si vous aviez fait ça vous vous retrouviez en prison. Remarquez, en France, la morale de l'histoire c'est que le conseiller de Balladur qui organisait les privatisations a été engagé par la banque Lazard dès que le gouvernement a changé. Mais il est vrai que c'est une habitude parmi les hauts fonctionnaires : ils finissent tous banquiers.

— Mais c'est bien ce que vous avez fait, non ?

— C'est vrai, mais moi, j'étais à un petit échelon. Et puis, comme tout le monde trouve ça normal, je n'allais pas me sacrifier, quand même !

Gustave de Champsaur, inquiet, essayait toujours de comprendre pourquoi Beanfield lui avait dit qu'il ne contrôlait pas 40 % de son capital. Il refaisait ses calculs. Il détenait 10 % en propre, plus 10 % d'autocontrôle, plus 10 % pour ses amis du conseil d'administration, plus les 10 % de l'Espagnol. On arrivait bien à 40 %. Ou alors Farnes avait menti et n'avait rien acheté. Ou alors, il y avait un traître ! Bon Dieu, c'était sûrement ça. Qui avait osé le trahir ?

— Poret ! Convoquez-moi pour ce soir un conseil d'administration. Je veux qu'ils soient tous là, vous m'entendez ? Tous.

Les lois du marché

ANDRÉ appela Sophie vers 12 heures à son bureau pour lui demander de retarder son arrivée. Il avait un dossier à boucler pour le juge Michaud, chef du service d'inspection de la COB, le plus rapidement possible. Sophie avait donc du temps devant elle. Elle eut envie de passer à la Bourse. Elle commençait à s'habituer à la laideur du Palais, à son architecture encore plus lourde qu'une pâtisserie autrichienne surchargée de crème. En entrant, la clameur sourde la surprit. Elle n'y avait pas pris garde la première fois. Devant ses yeux, une foule jeune s'agitait toujours aussi incompréhensiblement entre les téléphones et les écrans sur le parquet beige. Une passerelle vide suspendue devant un grand tableau noir surplombait la salle.

Une voix interrompit sa rêverie.

— C'est là qu'on cotait les grandes valeurs prestigieuses avant l'informatisation. Les stars de la bourse, les *blue chips,* comme disent les Anglais. Maintenant, elles sont emprisonnées dans les ordinateurs. Mortes, elles aussi.

Elle se retourna, surprise, vers Boussois.

— Vous cherchez toujours votre meurtrier ? Ce n'est pas ici que vous le trouverez. Les gens sont trop lâches pour tuer.

Il lui proposa de l'accompagner au marché au comptant, dans les étages obscurs. La peinture s'écaillait sur les murs. Les couloirs respiraient la pauvreté, l'obsolescence, lui rappelant l'atmosphère des bâtiments publics. Une impression de saleté la saisissait vaguement. Le marché au comptant était une vaste pièce éclairée au néon, remplie d'hommes en chemise blanche qui semblaient jouer à l'épicier. Abrités derrière des stands portant le nom de leur société, ils classaient consciencieusement des fiches dans des boîtes. Des garçons courant dans les couloirs ne cessaient de leur déposer de nouvelles fiches qui rejoignaient bientôt les précédentes. Parallèlement, ils alignaient des colonnes de chiffres sur de grandes feuilles de papier blanc.

— C'est notre vieux marché, pour les actions peu demandées. Chaque action est cotée par une société de bourse qui reçoit de ses confrères l'ensemble des ordres sur le titre. On classe ensuite les fiches d'offre et de demande à la main, on les confronte, on établit le prix du jour. C'est la Bourse du début du siècle, la vraie. Elle aussi sera bientôt écrasée par les ordinateurs.

Un vieux monsieur vint serrer la main de Boussois.

— Alors Michel, toujours vaillant ?

— Monsieur Cantarelle ! Que faites-vous ici ?

— Oh, je m'ennuyais chez moi. J'aime bien retrouver cette ambiance. Mais je ne peux plus rester en bas. C'est trop moderne pour moi.

— Je vous présente Sophie Devernois. M. Cantarelle est un vieil employé de notre charge.

— C'est un nom du Midi, on dirait.

— Oui, je suis issu d'une vieille famille provençale, qui devait apprécier la musique. J'ai connu quelqu'un qui portait votre nom. Il était associé pendant un temps aux affaires des Champsaur. Il était de votre famille ?

— Oui, c'est un cousin éloigné. Il me semble que mon père m'en a parlé. Vous l'avez connu ?

Sophie préférait lui mentir, pour ne pas l'effrayer. Peut-être ce vieux bonhomme tout maigre et tordu allait-il lui faire des révélations.

— Oui. J'ai été son fondé de pouvoir à la charge de Kervalec, il y a longtemps de ça. Quand il montait un coup, j'étais chargé de lui acheter les actions le plus discrètement possible. Il ne passait pas toujours par nos services, mais je crois qu'il a tout lieu d'avoir été satisfait quand il l'a fait. Il avait monté une spéculation très amusante un jour. Un de ses amis l'avait informé du lancement imminent d'une OPA sur une petite boîte du marché au comptant, qui portait un nom rocambolesque, les Chemins de fer du Guacamole et de l'Andalousie réunis. C'était une ancienne compagnie ferroviaire, qui avait fait faillite et qui s'était reconvertie dans les radiateurs en fonte. Bref, grâce au renseignement, on a acheté plein de titres, en étant sûr de faire un bon bénéfice.

— C'est du délit d'initié, ça.

— Bien sûr.

— Vous ne risquiez rien ?

— Pensez-vous, tout le monde fait ça. Tout le monde l'a toujours fait. C'est le seul intérêt de la Bourse. C'est vrai que depuis deux ans les jeunes doivent être plus prudents, car les autorités veulent nous imposer une morale anglo-saxonne. Mais je leur souhaite bien du courage. Où en étais-je ? Je m'excuse, je me fais vieux, je perds parfois le fil de mes pensées.

— Vous achetiez du Guacamole.

— Ah oui. Donc, on croyait vraiment que c'était le coup épatant. Et puis, on attend. Une semaine, deux semaines. Pas d'OPA. Elle n'a jamais été lancée, on n'a jamais su pourquoi. Il a fallu monter un bateau infernal pour s'en sortir. On a commencé à faire circuler des rumeurs, à dire qu'il se préparait une OPA. Dès que je voyais un journaliste, je lui conseillais de surveiller le titre, je disais à mi-voix qu'une grosse opération se préparait. En même temps, on continuait à acheter des titres et à faire monter les cours. Tout le monde se demandait ce qui se passait sur ce Guacamole. Les journalistes se sont bourré les poches d'actions, les commis aussi, les premiers papiers sont sortis dans la presse et la rumeur a commencé à s'étendre, il y a eu une spéculation d'enfer sur l'action. On a tout vendu, et le cours s'est effondré. Il avait de très bonnes idées. Un très bon boursier. Dommage qu'il soit mort de cette façon.

— On n'a jamais très bien compris pourquoi il s'était suicidé.

— Oh, c'est une sale histoire. Je n'ai jamais très bien su non plus ce qui s'était passé. Les gens disent qu'il s'est fait planter par Champsaur. Devernois à ce moment-là était dans une mauvaise passe financière. Il y avait une enquête judiciaire, dont je ne me rappelle plus les détails. Je sais qu'il devait se présenter devant un juge d'instruction. Il est mort avant. On avait, paraît-il, trouvé les preuves d'une escroquerie. Ce serait même le baron qui l'aurait dénoncé.

Le vieux s'était arrêté de parler. Elle sentait qu'il en savait plus qu'il ne l'avouait. Elle lui fit un grand sourire chaleureux et prit la parole.

— Mes parents m'avaient parlé d'un dépôt de bilan de sa société de promotion immobilière.

— C'était bien un scandale immobilier, mais ce n'est pas cela qui l'a abattu. Il avait levé des fonds en bourse pour financer la construction d'un centre commercial, qu'il n'a pas pu terminer. La société avait été déclarée en faillite, ce qui avait causé l'ouverture d'un procès. C'était pas le seul, il en éclatait alors un toutes les semaines. C'était les dernières années du pompidolisme. On tripatouillait alors dans l'immobilier, comme aujourd'hui à la

Bourse. Votre cousin avait déclaré la société en faillite, quelques jours avant l'achèvement des travaux. En fait, c'est la banque du baron qui lui avait coupé les crédits, pour racheter le centre presque terminé pour quelques radis. Je crois que la manipulation était prévue entre eux depuis le départ. Mais la Justice avait voulu faire un exemple. Le baron a senti le vent très vite, et a chargé votre cousin. Il était en faute, il avait un peu trop jonglé sur les fausses factures et les découverts. Champsaur lui a fait un vrai tour de cochon.

C'était donc cela qu'elle n'avait jamais compris. Son père à l'époque lui avait écrit qu'il ne risquait rien. Elle n'avait pas compris pourquoi il s'était suicidé. Évidemment, Champsaur ne pouvait deviner que son père se tuerait. C'était si peu dans son caractère. Cette nouvelle la bouleversait plus qu'elle ne l'aurait voulu. Elle sentait la haine grandir en elle contre le baron. Elle seule avait eu le droit de meurtrir son père. Elle quitta le vieux monsieur et Champsaur pour rejoindre André. Ses yeux étaient embués.

Tour Mirabeau. À quelques mètres du métro Javel, sur le quai André Citroën, séparée de la Seine par une avenue bruyante, on ne pouvait pas la manquer. Au milieu d'un ensemble de tours abominables, le front de Seine s'élevait dans toute sa beauté. Pour monter aux étages réservés à la COB, il fallait d'abord montrer patte blanche dans le hall d'accueil.

À la vue de sa carte, le planton ne sourcilla même pas. C'était rare. André l'attendait devant l'ascenseur et lui sourit chaleureusement, sans l'embrasser. Il lui expliqua le fonctionnement de la COB : elle compte huit divisions, dont l'administration, ce qui lui laisse sept services opérationnels. Le premier surveille l'information que communiquent les sociétés aux actionnaires ; c'est lui aussi qui regarde les dossiers montés lors des OPA, pour convaincre les actionnaires de répondre à telle ou telle offre. Les « affaires centrales » vérifient les travaux des commissaires aux comptes. L'« inspection » est affectée à la surveillance du marché et des écrans informatiques. Toute la journée, ses inspecteurs vérifient que rien d'anormal ne se produit durant les cotations, une trop forte hausse, ou une trop forte baisse par exemple. Si tel est le cas, ils téléphonent aux agents de change pour savoir ce qui se passe. Ce sont eux aussi que l'on prévient lorsqu'on franchit un seuil officiel dans le capital d'une entreprise. Le service juridique et ses trois magistrats se chargent de l'audition des témoins lorsque une irrégularité a été constatée. Le service des placements s'occupe, lui, de vérifier la gestion des Sicav, fonds communs de placement et autres produits d'épargne...

— Arrête, tu me donnes le tournis. Et vous êtes combien pour tout ça ?

— À peine cent trente-cinq. Nous sommes sous la tutelle du ministère des Finances, et même si nous avons des ressources suffisantes pour nous payer des embauches, il nous les a refusées jusqu'à présent. Ils ont peur qu'on devienne trop puissant, trop indépendant, comme la SEC américaine. C'est abominable et décourageant, tu sais : les services du ministère nous traitent comme des chiens. Ils veulent garder tous les pouvoirs. On ne peut pas y faire grand-chose.

— C'est que vous n'essayez pas. Tout le monde ne parle plus que de vous depuis l'affaire Péchiney. Le président, le Premier ministre, Pierre Bérégovoy. Ils jurent tous qu'ils vous adorent, qu'ils comptent sur vous, sur votre indépendance. Et un projet de loi doit vous garantir de nouveaux droits, non ?

— Oui, c'est vrai, mais c'est encore tout neuf. On est

encore loin de ressembler à la SEC. Eux, ils ont un budget bien plus important que le nôtre, avec leurs 135 millions de dollars. Et ils ont deux mille salariés, et des ordinateurs incroyables. Ce sont de vrais shérifs. Ils traquent les communications téléphoniques personnelles dès qu'ils suspectent un boursier d'avoir commis un délit, ils font du chantage pour extorquer des aveux. Jamais on arrivera à ça. Même si, grâce à la nouvelle loi, on s'en aproche de près.

— Commencez par faire des efforts pour être crédibles. Ce sera déjà bien.

— Mais, on essaie. Jusqu'à présent, dès qu'on prenait trop de liberté, on menaçait de nous virer. C'est compréhensible : la rue de Rivoli est habituée à régenter l'économie. Ils croient qu'ils sont les seuls habilités à le faire, les meilleurs. Alors, il nous arrive d'enculer les mouches, pour prouver qu'on existe. Tu n'as pas vu cette histoire l'an dernier, au pays Basque ? Une petite société locale avait récolté de l'argent auprès des gens de la région, pour financer des initiatives locales. Ils avaient fait ça sans documents officiels. Alors, on leur est tombé dessus, parce qu'il s'agissait d'un appel public à l'épargne et que la loi précise bien que, dans ce cas, il faut d'abord déposer un dossier auprès de nos services, et attendre d'avoir reçu un visa. Ces pauvres gens s'en battaient l'œil. Mais comme ils étaient petits, et sans appuis financiers, on leur a fait un procès. Voilà, c'est ridicule. On peut considérer qu'on a fait notre job, pour une fois, mais quand une grosse boîte fait des entourloupes, on s'écrase. Ou alors, on publie un communiqué qui dit : « C'est méchant, ne recommencez pas. » J'exagère un peu, parce que c'est vrai aussi qu'on a fait bouger pas mal d'habitudes, et que les boîtes trouvent qu'on les emmerde déjà assez, mais je suis justement venu ici pour pousser un peu plus à la roue.

Sophie préférait ne pas regarder de trop près le fonctionnement de la police. Ce n'était pas non plus toujours joli. Eux aussi s'attaquaient plus facilement aux faibles. Parfois elle s'énervait. Elle en pleurait même. Mais uniquement quand elle avait bu un peu trop.

Tout en conversant, ils étaient sortis de la tour, à la recherche d'un restaurant. André était intarissable.

— Et puis, c'est absolument épuisant, il faut lutter contre tout le monde pour faire respecter la loi. Prends les agents de change par exemple, même s'ils n'existent plus. Ils n'avaient de comptes à rendre à personne, si ce n'est à leur syndic. Quand ils commettaient des escroqueries, ou qu'ils perdaient des millions, ils réglaient ça entre eux. Ils prenaient des soi-disant sanctions internes. Mon œil, oui ! Ils se comportent comme s'ils étaient au-dessus de la loi, un point c'est tout. Je n'ai jamais pu supporter cet état d'esprit. Ils hurlent contre les voleurs de pommes et de voitures, mais eux, ils ne risquent jamais rien, jamais.

André continuait à ronchonner tout seul, devant son steak-salade. Ils avaient atterri sur une terrasse ombragée, près du centre Beaugrenelle, avec une bière pour boisson.

— Et les banques ne valent pas tellement mieux. Tu ne sais pas le plus fort : certaines encouragent leur personnel à frauder. Mais oui. Les gérants de Sicav, enfin les bons gérants, ça coûte cher.

— Je ne sais même pas ce qu'est une Sicav.

— *My goodness !* Une Sicav est une société qui gère collectivement des fonds. Chaque banque en a plusieurs. Comme elles pèsent plusieurs dizaines de millions de francs, et parfois plusieurs milliards, elles peuvent diversifier leurs risques : avoir de l'action Truc, de l'action Machin, des obligations... Le particulier comme toi, qui n'a pas le temps ni les connaissances pour gérer son épargne, achète donc une part de Sicav, et ainsi il peut réduire ses risques : la valeur de sa part ne s'effondre pas si l'action Truc baisse, parce que avec un peu de chance, l'action Machin, ou les obligations, montent. Tu vois le plan ? Bref, un bon gestionnaire coûte cher. Et pour éviter de verser de trop gros salaires, certains ont eu l'idée de rémunérer leurs gérants sur le dos des épargnants. C'est tout bête : quand le mec achète dix mille actions Peugeot pour sa Sicav, il les porte d'abord au crédit de son compte personnel. Le lendemain, si le cours a monté il les revend à sa Sicav, et empoche le bénéfice. S'il a baissé, il magouille les bordereaux pour les revendre au cours de la veille. Voilà, c'est un des trucs. Il y en a un autre, c'est d'acheter d'abord pour son propre compte, puis ensuite de grosses quantités pour sa Sicav, ce qui fait monter le cours, et là, tu revends les tiennes. Heureusement, tout le monde ne le fait pas, mais la déontologie n'ayant jamais été une grande qualité des banques, ces petites habitudes se sont largement répandues dans certains établissements. Sans risques pour personne, alors que toi tu fous en prison des mecs qui piquent du pain.

— Non, du pain non. Ou alors il faut en voler beaucoup.

A la fin du repas, ils étaient tous deux complètement démoralisés, chacun ayant fait tout son possible pour se prouver la bassesse de ses congénères, et l'inutilité de leurs combats respectifs.

— Tu es libre ce soir ?

— Non, je vais au cinéma avec des copines.

— Vous allez voir quoi ?

— Sans doute une reprise à l'Action Christine.

— M'intéresse pas.

— Tu n'étais pas invité.

— Bon, et demain ? Je t'invite si tu veux. Je dîne avec un très bon ami, un banquier très brillant qui te plaira. Michel Simonnet. Tu en as entendu parler ?

— Non. *A priori,* ça marche, mais je te confirme demain matin. OK ?

Elle accepterait, sans aucun doute. Il ne fallait négliger aucune rencontre pour comprendre ce milieu. Quand elle arriva à son bureau, Sureau l'attendait.

— Ah, vous voilà enfin. Je vous ai appelée hier soir, mais vous étiez en train de vadrouiller. Et je ne vous ai pas trouvée ce matin. Que faisiez-vous ?

Il avait sa mine renfrognée des mauvais jours. La soirée avait dû mal se terminer. Il était inutile de l'asticoter.

— Eh bien, j'ai œuvré sur le cas Fratelli. C'est un poids plume. Méchant, mais léger. Quatre filles, deux boîtes en province, traficote la cocaïne. *A priori,* difficilement touchable, c'est un indic des stups. Ce matin, je suis allé le voir, mais il m'a envoyé sur les roses.

— Comment ! Il est hors de question, vous m'entendez, qu'une balance à la con vous traite ainsi.

— Je vous signale qu'il était dans son droit le plus strict. Je n'avais aucun mandat sur moi.

— Bon, puisqu'il le prend comme ça, je vais le convoquer ici. Et on va s'amuser. Êtes-vous aussi allé voir Champsaur ?

— Non, lui, je pensais que vous souhaitiez vous le garder. Il est trop chic pour moi.

— Qu'est-ce à dire ? Vous contestez mon autorité ? Alors que je vous ai tout appris ?

— Je n'ai rien dit, je me tais, patronne.

— C'est comme ça que je vous aime. Alors, le dossier Champsaur ?

— Il est sur votre bureau, et il est gratiné.

— Auriez-vous eu par hasard le temps d'aller fouiller au domicile des Kervalec ?

— Oui, hier, mais c'était fermé. Il n'y avait personne. Ce qui est logique puisque vous les aviez suivis à Vannes.

— Je pensais qu'il y aurait pu avoir un domestique.

— Non, alors j'ai pensé que vous vous en chargeriez aujourd'hui.

— Demain. Et vous me convoquerez Antoine, ou Charles, enfin le fils aîné. Demain après-midi par exemple. Et avant, nous verrons Fratelli. Ils se connaissent assez bien tous les deux. Il va sûrement me filer un peu de biscuit sur notre brave héritier. Et puis vous, vous allez gratter du côté de la prostitution mondaine d'il y a dix ans. Il y a peut-être une piste à explorer.

— Ce sont vos fantasmes qui ressortent sous la croûte de la petite bourge coincée.

— Bas bleu, je suis carrément un bas bleu. Et vous, toujours si discret ?

— Je suis un garçon très simple et très sage. Je vous l'assure.

— Alors hier soir, c'était quoi ?

— Je n'ose pas en parler.

— Ah, vous m'alléchez. Parlez.

— Non. J'ai rencontré une femme plus âgée que moi, et j'ai vécu une expérience, comment dire, spectaculaire.

— Qu'est-ce que c'était ?

— Nooon, je vous ai dit ! C'était pire que les pornos de Canal Plus. Vous avez lu les *11000 Verges ?* C'était dedans.

Elle ne les avait pas lues, et batailla encore cinq minutes pour lui faire avouer son forfait. Sans succès. Elle se retrouva fort énervée, et l'envoya balader. Pour se consoler, elle plongea dans le dossier Champsaur, et réalisa que ce financier n'était ni plus ni moins qu'un pirate moderne. Une jeunesse proche des camelots, puis le ralliement à Vichy. Hasard, ou brillante intuition, il quitte la métropole juste avant le débarquement. On retrouve sa trace en Afrique noire. Il y est devenu trafiquant de tout ce qui peut se transporter et s'échanger : denrées coloniales, drogues, alcool, armes, tissus, femmes, hommes, animaux, ivoire... Là, il est crédité de plusieurs meurtres : pour l'essentiel des Noirs, mais aussi un Blanc, son associé. L'enquête a conclu à la légitime défense.

On le retrouve propriétaire d'une chaîne de bordels implantée dans toute l'Afrique francophone, puis propriétaire au début des années cinquante d'un domaine forestier grand comme la Suisse en pleine Afrique-Équatoriale. C'est alors qu'il fonde sa compagnie des Acajoux, toujours en activité.

A la fin des années cinquante, il rentre en France pour fonder la Compagnie coloniale, qui se lance notamment dans la culture de l'arachide au Sénégal, et il rachète une petite banque, à laquelle il donne son nom. Il fusionne alors sa Compagnie coloniale avec l'Espoir minier du Haut-Denain, une société qui exploitait des mines de charbon dans le Nord de la France. Ces mines, comme toutes les autres, avaient été nationalisées après la guerre, et son ancien propriétaire avait été royalement indemnisé. Celui-ci, le vicomte de Bogue, ne savait trop que faire de cet argent, et il décida alors de lier son sort aux idées de Champsaur. Il apportait l'argent, l'autre le ferait travailler. Les nationalisations financèrent l'expansion du baron. Par la suite, le vicomte de Bogue devait mourir brutalement au volant de sa Bentley, mais ses relations avec Champsaur avaient eu largement le temps de se détériorer, les deux hommes ne se comprenant absolument pas. Bogue ne s'intéressait qu'au ballet et à l'opéra. Il n'avait pas d'héritier, et de par une convention passée lors de la fusion des deux groupes, Champsaur héritait de toutes ses parts. La police avait mené une enquête discrète sur cette disparition, qui se conclut sur un non-lieu.

Le dossier s'étendait ensuite sur les affaires de mœurs et les chantages qu'elle connaissait déjà.

Il avait un permis de port d'armes, et il ne se promenait jamais sans un petit Browning.

Sur le plan politique, très conservateur, soutenant officiellement le Front national et versant son obole au RPR. Auteur d'un best-seller écrit avec sa femme, intitulé *Tous les bonheurs de la vie.* Il y racontait une version très édulcorée de sa vie, y dressait un éloge des valeurs traditionnelles, de la chrétienté et de la liberté masculine au sein du couple. Elle referma le petit classeur pour s'attaquer au suivant, celui de Fratelli.

Trente-deux ans, né à Nice. Bon évidemment, il avait droit à des circonstances atténuantes avec un tel lieu de naissance. Elle avait vraiment vécu cinq ans d'enfer dans cette ville. Elle en était arrivée à détester le soleil, la chaleur, les galets et l'accent chantant. Jamais elle n'aurait pu imaginer, avant d'y être confrontée, qu'un endroit aussi pourri existât en France. Même Marseille était nettement plus agréable, sur le strict plan du banditisme, moins hypocrite dans tous les cas. A Nice, on ne savait jamais si on était en train d'arrêter un notable, un fils de notable, ou un maffieux de passage. Seul Monaco était pire sur les bords de la Méditerranée. Elle se força à se replonger dans le dossier. C'était vraiment épouvantable, le mal qu'elle avait à se concentrer. Quand elle travaillait sur le terrain, quand elle fouinait ou interrogeait, c'était parfait. Mais dès qu'elle devait lire des documents ou rédiger des rapports, alors là, c'était la catastrophe. N'importe quel mot pouvait l'entraîner dans une longue rêverie, par association d'idées. Elle mettait deux fois plus de temps à lire un document officiel qu'il n'en fallait au dernier des analphabètes.

Donc, notre voyou est né à Nice. Origine corse, père fonctionnaire à la mairie de Nice, mère au foyer. Fils unique. Elle voyait le tableau. Le gosse pourri dès le berceau. Pourquoi pensait-elle cela ? Elle aussi était fille unique, et pourtant elle n'avait jamais été pourrie. Allons, camarade Devernois, combattons les schématisations.

Études sans problèmes. Bac C mention assez bien. Prépare les grandes écoles commerciales. Il est reçu à l'École supérieure de commerce de Nice. Tiens ! Comment a-t-il abouti au banditisme ? Il passe parallèlement une maîtrise de lettres modernes. Un voyou intello ! Elle allait s'amuser avec lui. Il tombe amoureux d'une call-girl de luxe. C'est elle qui l'introduit dans le milieu niçois, où ses talents de comptable vont être appréciés à leur juste valeur. Il dresse ainsi les bilans et les comptes d'exploitation de tous les casinos appartenant à ses patrons. Il fixe également les prix de la cocaïne et autres stupéfiants à partir des méthodes de comptabilité analytique qu'il adapte à cette industrie. Les profits de l'organisation ainsi que sa productivité méritent d'être récompensés.

Comme remerciement, il va recevoir ses quatre protégées ainsi que deux petites boîtes. Il est envoyé à Paris, pour remettre un peu d'ordre dans l'exploitation des cabarets de Pigalle, en pleine déconfiture devant la concurrence de la vidéo et du Minitel. Il restructure le secteur avec une poigne digne du P-DG de Peugeot Jacques Calvet, se fait de nombreux ennemis parmi les petites frappes. L'une d'elles, Dédé le Tatoué, le dénonce alors aux Stups. Les charges contre lui étant faibles, il négocie une liberté totale contre quelques renseignements sur les mouvements des gangs adverses. Le tout avec la bénédiction de ses patrons. Il est considéré comme l'étoile montante, le premier vrai manager du milieu.

Après le pirate de la Finance, le Tapie de la maffia débarquait dans son bureau. Elle mourait d'envie de faire réellement connaissance avec lui. Leur premier contact avait pourtant été rude. Elle comprenait maintenant pourquoi il était en affaires avec Viviane. Il devait placer ses excédents de trésorerie en bourse. Comme tout P-DG dynamique qui se respecte. Et comme certains d'entre eux, il avait subi quelques pépins durant le krach. C'était d'un drôle ! Mais après une telle aventure, ce garçon devait se sentir menacé. Les P-DG qui avaient été victimes de la fureur financière du Milieu avaient dû démissionner. Dans son cas, la sanction devait sûrement être plus sévère. Elle comprenait maintenant pourquoi il hurlait devant Boussois.

Aymeric le connaissait-il ainsi ? Savait-il si une relation particulière l'avait attaché à Viviane ?

— Allô Aymeric, c'est Sophie Devernois.

— Tiens, déjà. Je n'ai malheureusement rien de bien neuf pour vous.

— Seriez-vous libre demain matin ? Je comptais passer chez vous, regarder un peu à quoi ressemblait son cadre de vie.

— Cela s'appelle une perquisition et nécessite un mandat, n'est-ce pas ?

— Je peux l'avoir sans problème.

— Je vous faisais marcher, vous n'avez aucun sens de l'humour. Je serai à votre disposition. Disons à 10 heures ?

— Parfait.

Elle raccrocha, pour prendre une autre communication, venant du syndic.

— Alors vous avez avancé ? Vous savez que le ministre est très inquiet. Il me réclame chaque jour des nouvelles.

— S'il est si inquiet que ça, il n'a qu'à m'appeler. Je n'ai pas l'habitude de rendre des comptes à n'importe qui. Rendez-vous plutôt utile en me donnant des informations sur l'OPA qui menace le baron de Champsaur. Qui la mène ?

— Cela est lié à notre affaire ?

— Non, pas du tout, c'est par simple curiosité. Les à-côtés du dossier.

— Je ne peux rien vous dire. Toutes ces informations sont confidentielles. Et d'ailleurs, je ne sais rien. Sur le marché, tout le monde murmure que c'est Michel Simonnet et la banque Hautecœur. Ils agiraient pour le compte de lord Beanfield. Je n'en sais pas plus.

— Y a-t-il un rapport entre lord Beanfield et les Kervalec ?

— Je peux vous dire, sous le sceau du secret bien sûr, que Beanfield a failli racheter la charge de Kervalec. Les négociations sont allées très loin, et ont raté de peu.

— Tiens !

— Et je peux même ajouter que lord Beanfield était à Paris vendredi dernier. Il a rencontré Michel Simonnet. Je n'en suis pas complètement sûr, mais je l'ai lu dans la presse. On les aurait vus déjeuner ensemble près de la Bourse.

— Pas très malin si cette rencontre était censée rester secrète.

— Peut-être le machiavélisme consistait-il à la présenter comme secrète.

— Tout ça devient trop compliqué pour moi. En fait, vous êtes la seule personne qui n'était pas dans les parages du Palais vendredi dernier en début d'après-midi. C'est fort suspect.

— Votre sens de l'humour est-il toujours d'aussi mauvais goût ?

— Il a au moins le mérite d'exister.

Il lui fallait toujours avoir le dernier mot. Fût-ce au prix d'une réplique qui aurait fait rougir un écrivain débutant. Question de principe. Elle s'alluma ensuite une petite cigarette, en attendant la dernière épreuve de la journée : une rencontre avec la presse. Une conférence qui serait évidemment officieuse, mais qui avait été ordonnée par ses patrons, effrayés de l'ampleur qu'avait pris le crime dans les journaux. *France-Soir* en faisait ses choux gras, *Libération* lui avait consacré sa manchette et *Le Monde* avait envoyé Plencl et Marion sur la piste. Pour le moment, aucun reporter n'avait débusqué le passé de la morte, ce qui était étonnant. Et Sophie avait reçu des instructions claires en la matière : tout faire pour que cela ne sorte pas. Éviter au maximum les amalgames sexe-fric-corruption. Elle avait promis de tenir sa langue et de calmer les journalistes. Mais elle savait très bien qu'ils l'apprendraient rapidement : il y aurait bien un petit malin au Quai, au tribunal, dans le ministère qui vendrait la mèche pour se mettre en valeur, ou embêter un petit camarade. En plus, tous les financiers le savaient. C'était vraiment polichinelle et compagnie.

Elle avait menti à André la veille, et elle se demandait bien pourquoi. Bien sûr, il avait eu de la peine, mais après quinze ans de séparation, il ne pouvait pas s'attendre à la trouver complètement seule. Elle n'allait pas au cinéma avec des amies ce soir. Elle voyait David, un amant occasionnel, un amant marié, qu'elle avait contacté sur Minitel un soir d'ennui. Il était médecin, et était arrivé chez elle dans sa petite voiture de fonction, avec les girophares allumés. Déjà ça, elle avait apprécié. Elle était désolée d'avoir un fantasme aussi banal que celui-là, mais elle n'y pouvait rien : faire l'amour avec un médecin l'avait excitée. Et comme il était beau... Le mec rare. Et rarement disponible, d'ailleurs. Décrocher un rendez-vous avec lui demandait autant d'obstination que voir un bon ophtalmo. Ils devaient se voir une fois par mois. Elle se consolait en se disant qu'il était tout de même trop poilu.

Elle n'avait pas osé parler de ces détails à André. Elle l'avait retrouvé avec un grand plaisir, intellectuellement ils étaient proches l'un de l'autre, physiquement ils s'entendaient bien aussi, mais elle ne prenait aucun plaisir à le regarder. Ce qui était gênant. Et elle n'oserait pas le lui avouer, de peur de passer pour une perverse. Elle aurait pu en rire dans un dîner entre copines, si elle en avait eu, mais jamais avec un mec.

Après être rentrée, elle dîna en quatrième vitesse, puis

se pomponna pour être prête. A 9 h 15, David l'appela, nullement confus, pour expliquer qu'il était surchargé de travail et qu'il la rappellerait sans faute d'ici lundi. Après tout, elle s'en foutait. Elle se choisit une cassette vidéo parmi les films qu'elle enregistrait à la télé. Pour la troisième fois, elle revit *Certains l'aiment chaud.* Ainsi, elle n'aurait pas trop l'impression de mentir à André, puisque justement l'Action Christine le reprenait. Malheureusement, les gags s'étaient émoussés, il ne restait sur l'écran qu'un film plaisant. La soirée était définitivement ratée.

Pendant ce temps, un groupe de quatre banquiers roses était au travail. La secrétaire leur amena des sandwiches et des bières.

— Merci Monique, vous pouvez partir. Soyez là à 8 heures demain. J'aurais du courrier à faire partir très vite.

— Bonsoir messieurs.

9 heures était en effet un horaire convenable pour laisser partir sa secrétaire. Les quatre hommes avaient laissé tomber la veste. Autour de Michel Simonnet, se trouvaient le P-DG des Assurances Parisiennes, Philippe Carbonnel, le P-DG de la Banque Générale, Jean-Yves Lesourd, ainsi que l'industriel Arthur Moretton. La bande des quatre, comme on les surnommait au Parti socialiste. Les conseillers chargés par le ministre de donner des avis sur les dossiers délicats.

— La seule solution raisonnable serait de reprendre les privatisations.

— Jean-Yves, tais-toi. On n'est pas là pour divaguer, mais pour aider. Tu sais très bien que Mitterrand a écrit dans sa Lettre de candidature « ni privatisations, ni nationalisations ». Maintenant, c'est à nous de nous démerder pour arriver à quelque chose de sensé.

— Même Tonton peut dire des conneries. Et puis, il s'était engagé aussi sur le programme commun. Et pourtant, Dieu a changé d'avis.

— Bon, tu privatises. Et alors ? D'abord, tu privatises quoi ?

— Ma banque, bien entendu.

— Bien entendu, oui. Et pourquoi pas mes assurances, s'il te plaît ?

— On le fera après. Laisse-moi terminer. Donc, je me fais un noyau dur irréprochable.

— Avec qui s'il te plaît ?

— Avec toi. Je te donnerai 5 %, et après tu achèteras en bourse pour monter à 10 %. Comme ça, on sera alliés. La banque de Michel prendra un bout, Arthur aussi. Pour le reste, on demandera à BSN, aux Chargeurs, au Club Méd et à L'Oréal.

— Je vois déjà les titres des journaux : Le PS lance une OPA sur la privatisée. Tu te fous de ma gueule ou quoi ?

— Mais Balladur a fait la même chose avec le RPR. Les journaux ont hurlé, Barre a hurlé, mais c'est pas pour ça que Chirac s'est fait battre.

— Et qu'est-ce que tu en sais ?

— Ne sois pas idiot. Si tu fais un sondage dans la rue, tout le monde te dira que les noyaux durs ne se trouvent que dans les pêches.

— Bon admettons. Et après ?

— Après, je lance des OPA sur les boîtes privatisées par Balladur. On sera enfin débarrassés du RPR.

— Là, tu gallèges. Même avec la plus grande banque du pays, tu n'auras pas les moyens de te payer toutes les privatisées. Et, entre nous, tu ferais mieux d'utiliser ton fric pour lancer des OPA à l'étranger et te payer un réseau européen.

— Il est déjà très bien, mon réseau. Tout le monde me l'envie.

— Ouh, tu me fatigues ce soir. Dis donc, si tu viens ici pour t'amuser, c'est pas la peine. On est tous crevés, on va pas perdre notre temps. Michel et Arthur, vous n'avez rien de spécial à proposer ?

Non, ils n'avaient aucune idée brillante en tête. Ils avaient déjà eu droit à une dizaine de discussions de ce type, et jamais rien de concret n'en était sorti.

— Ah, au fait, Michel, tu sais qu'il va sûrement y avoir rapido un petit réaménagement ministériel ? Je t'en parle parce que j'ai vu Rocard cet après-midi, et qu'il m'a demandé si tu voulais toujours avoir le Budget.

— Mon Dieu oui, mais il faut d'abord que je termine mon OPA.

— Quelle OPA ? Ton raid, tu veux dire. Tu prends vraiment les règles à la légère là-dessus. Tu en es où exactement ?

— J'ai 35 % du capital. Mais j'ai peur que Beanfield me lâche. C'est un vieux copain du baron.

— Hou, je les connais ces deux-là, ce sont deux requins. Il n'y a pas d'amitié qui tienne entre eux. Bon, si je te comprends bien, tu veux tout boucler avant de devenir ministre ?

— J'ai horreur de laisser en plan le travail commencé.

— Oui, ça je sais, c'est une de tes grandes qualités. Bon, alors on va te donner un coup de main, avec Lesourd. Le plus gros assureur et le plus gros banquier français qui passent de ton côté, ça devrait te plaire, non ? En plus, tu as déjà Suez avec toi ?

— Oui.

— Alors c'est dans la poche. On va aller vite. Allez les gars, allez vous reposer. La Nation fera appel à vous dès qu'elle aura un nouveau pépin.

Il n'était pas encore 10 heures. Simonnet se dit qu'il pouvait faire un détour par l'appartement de sa femme, voir si leur fils était déjà couché. Il l'était, et Michel ne tarda pas à en faire autant. Depuis leur divorce, ses relations avec sa femme s'étaient améliorées. Il le constata avec plaisir, et ne songea même pas à lui raconter ses dernières aventures professionnelles, ni sa prochaine récompense ministérielle. Ce serait une surprise pour plus tard, qu'il lui réservait. À condition que leurs relations restent au beau fixe.

Projections privées

A 10 heures tapantes, Sophie sonnait chez les Kervalec, rue de la Faisanderie. Un bel immeuble du XVIe arrondissement. Sans surprise. Aymeric l'attendait.

— J'étais en train de préparer du café. Vous en prendrez bien une tasse ? C'est la journée idéale pour venir fouiner ici. La domestique a pris son jour, et mon père vient juste de partir.

— Charles n'habite pas avec vous ?

— Non, il n'ose pas. Mais il vit près d'ici, sur la rue Spontini. Conformément aux instructions, nous n'avons touché à rien dans la chambre de Viviane.

— Vous l'appeliez par son prénom ?

— Non, ça m'a échappé. J'ai toujours trouvé ridicule d'appeler ses parents par leurs prénoms. Si je l'avais appelé Viviane, je ne pense pas que nos rapports eussent été meilleurs. Au contraire. Elle aurait encore plus joué à la grande sœur. Elle était belle, relativement intelligente, sans aucun goût pour la culture. Elle n'avait pas le goût, comme nos voisines, d'aller étudier la psychologie à Vincennes. Elle n'avait pas envie de vendre des brassières de luxe dans le VIIe arrondissement. Alors, elle a fini par s'intéresser à l'érotisme. Ou plutôt à l'art érotique. C'est de là que tout est parti, d'après nos discussions. Je vous en parle calmement, mais c'est bien la première fois que j'y arrive. Avec elle, on finissait toujours par hurler. Une fois, pour l'énerver, j'avais même amené un copain à la maison. Je lui avais dit qu'il était mon petit ami, et qu'il resterait ici. Si vous aviez vu la crise ! Ce fut un grand moment. C'est après cet épisode qu'elle a exigé que j'aille voir un psychanalyste. Elle était persuadée que l'on pouvait me guérir. Étrange pour une femme comme elle. Et c'est surtout pour cela qu'on s'engueulait. En fait, moi je suis très puritain, tandis qu'elle était dévoyée, mais très conservatrice. Elle était restée naïve.

L'appartement reflétait plus le côté conservateur de la dame qu'autre chose. Il avait été meublé dans le plus pur goût britannique. Les bois étaient foncés et les cuirs acajou. Les murs étaient recouverts d'un tissu vert clair et de quelques tableaux inspirés de Turner. Le salon était vraiment un salon, destiné uniquement à recevoir les invités, sans télévision, ni chaîne hi-fi. C'était un lieu où la vie ne se concevait pas sans un havane dans une main, et un verre de scotch pur malt douze ans d'âge dans l'autre.

La chambre d'Aymeric était meublée en style Louis-Philippe, avec des bois clairs, et des murs beiges. Très lumineuse. Un piano droit, et tout l'équipement audiovisuel existant sur le marché. Seule décoration, une photo signée de Robert Maplethorpe. Un athlète noir, nu, figé dans une pose très pure et vaguement angoissante. Elle n'aimait pas du tout. Elle se sentait mal à l'aise devant cet homme-marbre.

— Vous aimez mon Maplethorpe ? Ce fut toute une histoire pour l'avoir. Mon père a fait la gueule pendant une semaine, moi aussi, alors ma mère a craqué, et a fini par me l'acheter. Un exemplaire unique. Elle a expliqué à mon père que d'ici deux ou trois années, après la mort du photographe, la valeur de la photo décuplerait. Chouette, non ?

La chambre de Jean-Louis, qui faisait office de bureau, était nettement plus austère. Des murs blancs, des meubles stricts en bois foncé, aucune fioriture. Le lit n'avait qu'une place, les livres d'histoire envahissaient les rayonnages : tous les rois, tout sur la Révolution, les guerres de Vendée, l'Empire. Et quelques polars britanniques, en version originale. Son bureau était une immense plaque de bois laquée en noir, reposant sur des tréteaux. Elle était presque vide, mettant ainsi en valeur des piles de revues anglo-saxonnes, comme *Forbes, Barron's* et surtout *Institutionnal Investor,* ainsi que le micro-ordinateur, l'IBM PC. Dans un coin, se trouvait la chaîne compacte et une petite télé.

— Vous avez chacun votre chaîne et votre télé ?

— Nous n'avons pas les mêmes goûts. Et nous pouvons nous enfermer chacun dans notre chambre quand ça barde. C'est un des privilèges des grands appartements : on ne détériore pas les situations tendues par des rencontres obligées.

La chambre de Viviane enfin, qui ressemblait à son bureau à la charge : fleurie de tous les côtés, achetée entièrement chez Laura Ashley. C'était visiblement elle qui avait imposé son style dans toute la maison.

— Ne faites pas attention à ce dégueulis floral. Elle devait tout réaménager en mobilier contemporain. D'ici deux semaines, tout aurait été signé par Starck, ce qui aurait été aussi fatiguant d'ailleurs que ces fleurettes à la con. Elle en faisait toujours trop. Elle aimait les voitures de sport rouges, les robes chères et signées. Il fallait que tout porte un nom connu autour d'elle.

— Quelles étaient ses origines ?

— Obscures. Mes grands-parents sont morts bien avant son mariage. Je n'ai jamais rencontré un membre de sa famille. Elle disait ne pas en avoir. Elle prétendait aussi que son père était médecin dans le XIVe arrondissement, mais le Conseil de l'Ordre n'en conserve aucune trace : j'ai vérifié moi-même. Je crois qu'elle s'était réinventé ses vingt premières années.

Dans l'armoire, les cintres portaient une quantité industrielle de tenues aux couleurs vives. La plupart provenaient de chez Saint-Laurent. Elle en sortit quelques-unes pour juger de l'effet dans une glace. Pas mal du tout, mais elles étaient trop brillantes.

Aymeric lui ouvrit également un tiroir secret. Empli d'ouvrages érotiques du meilleur ou du plus mauvais goût. Les seuls livres apparents dans la chambre étaient l'œuvre complète et reliée de Sade, mais là, on trouvait Aragon, Léautaud, Pauline Réage, ainsi que Xaviéra Hollander.

— Il ne faut pas croire qu'elle aimait Sade. Elle n'a lu que *Justine.* Mais elle trouvait ça chic.

Il poussa alors un petit portrait, une imitation de Gainsborough, qui cachait un coffre dont la clé était au fond du tiroir secret. À l'intérieur, outre les traditionnels bijoux, quelques cassettes vidéos, pornographiques.

— L'après-midi, elle amenait parfois un amant. Ces cassettes étaient essentiellement à leur usage je crois. J'étais tombé sur une séance un après-midi où je séchais mes cours. Depuis, quand je sèche, je vais au cinéma.

Mais la découverte intéressante était encore à venir. Elle était tout au fond : une clé, comme celle des coffres de banque. Une petite clé, très discrète et anonyme.

— Je n'ai jamais réussi à savoir dans quelle banque était ce coffre. Et je ne sais pas non plus ce qu'elle y cache. Peut-être des photos compromettantes.

Ce devait être son style. Si on part du principe qu'elle n'a pas eu une enfance dorée, elle a dû apprendre à se battre, et à utiliser toutes les armes en son pouvoir pour atterrir rue de la Faisanderie. Il fallait donc trouver ce coffre. Elle glissa la clé dans son sac. Mais elle avait une chance sur mille de trouver. La banque pouvait être n'importe où en France, en Europe, ou dans un paradis fiscal exotique.

— Elle se déplaçait à l'étranger ?

— Elle allait à Genève, parfois, et à Londres, souvent, pour faire ses courses. Elle trouvait ça amusant. Elle avait tous les tics irritants des nouveaux riches.

— Vous n'en êtes pas un, bien sûr.

— Vous plaisantez, j'espère. Ma famille était déjà puissante bien avant la Révolution. Nous sommes de vrais aristocrates bretons.

— Et vous en êtes fier...

— Pas du tout. Je vous ai déjà dit que j'étais profondément démocrate. Je ne donne absolument pas dans le trip royauté et consorts. Mais, je ne nie pas non plus que la conscience de ces racines ne me laisse pas indifférent. Comment vous expliquer, j'en tire un sentiment de légitimité, de confiance en moi et en l'avenir, qui me permet de me passer de valises Vuitton quand je prends un avion. C'est la liberté : nous sommes là depuis si longtemps, et sans doute encore pour si longtemps, qu'il ne sert à rien de s'en faire. Il suffit d'accomplir notre œuvre. Je me sens le maillon d'une immense chaîne, qui travaille au progrès de l'humanité. Je vous vois sourire. Vous avez tort, c'est vraiment ce que je sens. Avez-vous lu Braudel ? Faites-le, c'est fabuleux comme impression. Mais excusez-moi de vous tenir un discours aussi sérieux. Ce n'est pas mon genre, en principe.

Heureusement pour ses proches, se dit-elle. Car ce petit bonhomme lui en apprenait beaucoup sur sa famille à chaque rencontre. À croire qu'il savait très bien où il voulait l'amener. Cette fois-ci, il avait décidé de la guider vers la clé, et de l'orienter mine de rien vers Genève. Elle savait que toutes les voies de la finance menaient un jour vers la douce Confédération, mais qu'était-elle censée y chercher ? Il était presque impossible d'enquêter sur des sujets aussi sensibles, dans un pays qui tirait sa fortune de sa discrétion légendaire. L'argent sale du monde entier pouvait s'y refaire une santé, à l'ombre de son hypocrisie, sans que personne y trouve à redire. Et surtout pas les autorités judiciaires ou policières françaises. En rentrant au quai des Orfèvres, elle envoya la clé au labo, en réclamant une étude approfondie sur sa provenance. Elle avait ramené les cassettes vidéo, espérant qu'elles cachaient un indice. Il n'y avait qu'un magnétoscope dans le bâtiment, et il était occupé par deux jeunes flics, hurlant de rire devant *les Ripoux,* qu'ils connaissaient déjà par cœur. Elle les flanqua à la porte, et s'enferma à double tour. Pas question qu'on la trouve en train de regarder du porno. Les deux premières cassettes étaient ce qu'il y avait de plus classique dans le genre. Elle les passa en accéléré. La troisième était par contre une importation directe de la Californie. Un de ces « *snuff* » *movies,* dont elle avait déjà entendu parler. Un crime sexuel réel sur l'écran. Une jeune fille sud-américaine se faisait violer par un Noir usant d'objets bizarres. La fille lui arracha le sexe. Le sang giclait de tous côtés. Le Noir alors lui enfonça un couteau dans l'estomac, mettant ses tripes à l'air. Elle bloqua la machine, complètement glacée.

Mais pourquoi, pour qui Viviane conservait-elle cela chez elle ? Aux dires de ses salariés, il était pourtant rare qu'elle s'absente de son bureau, et quand elle le faisait, c'était pour des motifs professionnels. Son agenda n'avait rien révélé de particulier. Ses derniers jours avaient même été particulièrement calmes. Elle n'avait presque pas bougé. Elle semblait préparer quelque chose. Charles devait sûrement être au courant. Elle se rappela alors les voyages à Genève, et appela Jean-Louis à ce sujet : la charge avait-elle des activités en Suisse ?

— Nous y avons un correspondant. Il centralise les ordres de notre clientèle étrangère, qui souhaite rester discrète. C'est toujours moi qui m'occupe de nos relations, Viviane n'y a jamais mis son nez, c'était trop sérieux.

Il allait à Genève deux à trois fois par an, et Viviane l'accompagnait la plupart du temps. Elle y allait parfois seule, une de ses amies habitant près de la frontière.

— Vous passiez de l'argent pour le compte de vos clients ?

Il éclata de rire.

— La technique informatique s'en charge très bien à notre place. Toutes les bonnes banques peuvent vous rendre ces services.

Elle sauta du coq à l'âne.

— Les rapports entre Boussois et votre épouse n'étaient pas tendus ces derniers temps ?

— Ils l'ont toujours été. Il n'y a jamais eu de débordements affectifs entre eux. Mais je tenais beaucoup à garder Michel. C'est un très bon professionnel, un des meilleurs de la place sur le marché obligataire.

— Pardon ?

— Oui, le marché des obligations. *Grosso modo,* vous avez deux grands types de produits financiers : les actions et les obligations. Les actions, vous connaissez : c'est un titre de propriété. Vous possédez un petit bout d'une entreprise, et son prix varie en fonction de l'idée que le marché en général se fait de l'entreprise, et de ses profits à venir. Le bénéfice est le critère principal d'évaluation. Vous prenez en fait le profit net dégagé par la société, vous le divisez par le nombre d'actions existant. Vous obtenez ainsi le BPA, bénéfice par action. Ensuite, vous regardez le cours de bourse, et vous le divisez par votre BPA. Vous tombez sur le PER, le *price earning ratio.* En général, une bonne entreprise à un PER qui se balade entre 12 et 14. Cela revient à dire que cette entreprise s'achète en bourse quatorze fois son bénéfice annuel. Si celui-ci se maintient au même niveau pendant quatorze ans, au bout de ces années, vous avez ainsi amorti votre achat. Certaines sociétés dont le bénéfice croît fortement chaque année valent beaucoup plus, d'autres nettement moins. Et d'autres facteurs influent : le patrimoine de votre entreprise, ou le fait qu'elle n'ait aucun gros actionnaire, et qu'il soit possible de lui lancer une OPA dessus : elle vaut alors plus cher, parce que les batailles boursières font toujours monter les cours. Et puis vous avez des facteurs extérieurs qui jouent : si les experts économiques prévoient un ralentissement de l'activité économique, les profits sont donc censés baisser aussi, et le PER baisse tout de suite. C'est comme cela que vous pouvez vous retrouver avec un krach : les actions n'arrêtent pas de monter parce que les profits n'arrêtent pas de s'améliorer. Et puis un jour, les investisseurs s'affolent parce qu'ils s'aperçoivent qu'il y a des nuages économiques dans l'air, et que les prix sont surévalués. Et tout s'enchaîne... Vous me suivez? Donc, ça, ce sont les actions. Ensuite, vous avez les obligations. Ce sont des emprunts, faits par les entreprises ou les États. Ces emprunts vous rapportent un taux d'intérêt, fixe ou variable. Et au bout de l'échéance de vie de l'emprunt, votre obligation vous est remboursée. Le seul risque est que l'entreprise émettrice, ou l'État, ait fait faillite entre-temps. Donc si vous achetez aujourd'hui une obligation de 1000 francs à 8 % sur dix ans de l'Air Liquide, vous touchez tous les ans 80 francs, soit 800 francs, et vous retouchez vos 1000 balles à la sortie, soit 1800 francs en tout. Mais si vous avez besoin d'argent entre-temps, vous pouvez vendre votre obligation en bourse. Mais vous n'en tirerez pas 1000 francs. Si les taux d'intérêt se mettent à monter, la valeur de votre obligation va baisser, tout bêtement parce que les nouvelles obligations rapportent plus. La vôtre présente donc moins d'intérêt. Si par contre, les taux baissent, la vôtre rapporte plus que le marché, donc elle vaut plus cher, et vous pouvez la revendre plus de 1 000 francs. Peu de gens le savent, mais le marché obligataire pèse beaucoup plus lourd que le marché des actions. Et les spécialistes de ce marché, capables d'anticiper les mouvements des taux et de prendre des positions, sont des gens très précieux. Compris ?

A la fin de l'enquête, Sophie serait incollable sur les questions financières. Il est dommage que ces connaissances ne puissent être exploitées dans les conversations entre amis.

— Mais pourquoi les taux baissent ou montent-ils ?

— Là, ça devient compliqué. En simplifiant, vous avez plusieurs types de raisons. D'abord, en période d'inflation, tous les prix montent, et notamment le prix de l'argent, c'est-à-dire le taux d'intérêt. Il monte aussi en période de remue-ménage monétaire. Par exemple, si le franc est attaqué, le gouvernement augmente le taux de rémunération du franc pour inciter les investisseurs étrangers à en acheter. Les taux baissent théoriquement quand l'activité du pays se ralentit, ou quand la banque centrale déverse de l'argent en grande quantité sur le marché monétaire. Il y a aussi l'influence des autres pays : les taux français dépendent essentiellement en fait des taux allemands. Je vous donne un exemple : quand le yen monte, le dollar baisse : Donc, les taux américains montent pour le soutenir, mais alors, c'est le mark qui se met à flancher, puisque le dollar est devenu plus rentable. Alors, les Allemands remontent leurs taux. Du coup, le franc se retrouve en ligne de mire, et il faut remonter nos taux. À partir de ces paramètres, les experts tâchent de faire des prévisions. Si votre économie marche trop fort, ça peut faire repartir l'inflation. Donc, vous augmentez les taux, ce qui peut amener les entreprises à freiner leurs investissements, parce qu'ils sont devenus trop cher à financer, en raison du coût de l'argent. Dans un tel schéma, les consommateurs freinent aussi leur consommation, car le crédit est lui aussi trop cher. Donc l'économie se ralentit, et les taux baissent. Etc., etc. Mais ces raisonnements ne marchent pas à tous les coups. Parfois, vous avez du chômage et de l'inflation, parfois, ni l'un ni l'autre. C'est pourquoi personne ne sait jamais quoi faire, et nos gouvernants s'en tiennent à l'orthodoxie, par peur de se faire taxer de laxisme. Ce qui est puéril. L'économie est un de mes dadas avec l'histoire. J'aime bien les pensées un peu iconoclastes. J'avais d'ailleurs voté pour les socialistes en 81, parce que je trouvais que leur politique pouvait être intéressante. Vous voyez, on peut déraper dès qu'il est question de taux. C'est fascinant les taux. Ils ont des répercussions insoupçonnées. C'est dommage que personne ne s'y intéresse.

Elle ne savait plus très bien d'où était partie cette conversation. Elle avait un peu lâché en cours de route, mais elle n'avait pas osé le lui dire, de peur de passer pour une idiote. Elle fut soulagée quand il raccrocha.

Elle avait faim. Juste quand elle sortait acheter un sandwich, André l'appela. Elle confirma le rendez-vous.

— Alors, mon Sureau adoré, on a percé tous les secrets des réseaux de Mme Claude ?

— On ne s'y est pas intéressé de très près. Viviane n'a jamais fait partie d'un vrai réseau, d'après documents et témoins réunis. Donc, je n'ai... Vous m'écoutez, oui ? J'ai horreur des gens qui ferment les yeux et s'étirent quand on est en train de leur parler.

Le soleil frappait la terrasse des bords de la Seine, tout à côté du Châtelet, où ils s'étaient installés. Le pain qui entourait les rillettes était mou, mais le ballon de rouge était fort rafraîchissant.

— Ne faites pas toujours votre désagréable. J'ai envie de me détendre, mais je vous écoute.

— Donc, Viviane travaillait en solo, essentiellement. Au départ, on l'a trouvée dans une maison, où elle passait deux ou trois après-midi par semaine. C'était officiellement une école de langues étrangères pour cadres. Cette école était aussi une filiale du milieu niçois, dont la maison mère avait pignon sur la promenade des Anglais, à côté du palais de la Méditerranée. C'est là qu'elle a dû connaître les patrons de votre Fratelli. Un jour, il y a eu une raffle, mais étant donné le beau linge qui s'est fait épingler, personne n'a été inquiété. Viviane a dû avoir peur, car à partir de là, elle n'a plus travaillé que sur carnet avec rendez-vous. Si vous voulez sourire, je vous signale que son plus grand succès était, paraît-il, la maîtresse d'école avec martinet.

— Ah, ça vous aurait amusé, une institutrice qui vous donne des fessées.

— Mais oui, bien sûr. Ça vous va bien vos grands airs de pas y toucher à vous. Vous êtes d'une hypocrisie incroyable.

— Finissez plutôt votre verre et suivez-moi. Je tiens à ce que vous soyez présent pour l'interrogatoire de Fratelli.

— Il vous fait peur ?

— Non, il vous a manqué de respect. Et je vous ai déjà dit que je n'appréciais pas du tout.

À la réflexion, il avait une tête de comptable. Lors de leur première rencontre, elle avait été impressionnée par ses hurlements, mais là, elle réalisait ce qu'il était vraiment : un comptable.

— Vous êtes-vous remis de vos émotions ?

— Lesquelles ?

— Celles que vous manifestiez devant Boussois, ou mon adjoint lorsqu'il est allé vous trouver.

— Inspecteur, je veux que les choses soient bien claires, je respecte le droit et les lois. Je refuse l'anarchie, les petits arrangements, et les coupe-file. Monsieur votre adjoint est venu me voir officieusement. Comment savoir s'il était mandaté par quelqu'un, ou s'il me jouait une comédie de mauvais goût ? Vous savez que vos confrères sont parfois très bizarres. Ils se croient autorisés à faire n'importe quoi. Alors devant son air de conspirateur, j'ai eu un peu peur.

— Vous ne manquez pas de culot. Vous un dealer, un mac, un indic, vous osez m'affirmer sans rougir que vous respectez les lois !

— Mais, madame, j'agis en plein accord avec la police nationale. Je vous assure que tout dans mes affaires est parfaitement régulier. Je paie mes impôts et ma TVA sans jamais frauder. Jamais. Je ne supporte pas les fraudeurs d'ailleurs. J'ai trop de respect en l'État et son œuvre auprès des moins favorisés pour ne pas faire tout ce qui est en mon pouvoir pour l'aider. J'aimerais que les soit-disants citoyens honnêtes en fassent autant.

— Quel thème aviez-vous choisi pour votre maîtrise ?

— Pardon ?

— Votre maîtrise. Cet aspect de votre biographie m'a beaucoup amusée.

— Mais je ne suis pas un singe savant, ni un phénomène de foire. Je ne suis pas là pour vous distraire.

— Allez, un bon mouvement.

— L'absurde dans l'œuvre d'Albert Camus. Eh oui. J'aimais énormément Camus quand j'étais jeune. Et voilà où cela m'a conduit. J'en suis très heureux, je le signale au passage, car je pense que peu de gens sont capables de me comprendre, surtout ceux qui, comme vous, estiment que je n'ai aucune excuse pour frayer avec la pègre. Si, si, ne niez pas, je sais que vous le pensez. Vous êtes confite de bonnes pensées. Moi, j'ai trouvé la liberté. Enfin, la mienne. Je suis à la marge, et en plein centre à la fois. Je fais ce que je veux.

— Même en ce moment ?

— Même en ce moment. Venons-en au fait. Pourquoi m'avez-vous convoqué ? Je n'ai rien à voir avec le meurtre de Viviane.

— Si vous voulez bien, c'est à moi d'en juger. Comment l'avez-vous connue et que signifiaient ces hurlements lors de notre brève rencontre ?

— Viviane avait été en contact avec des amis niçois, et ils en parlaient de temps en temps. Elle aimait beaucoup son nouveau rôle et avait rompu avec tout ce milieu, mais je connaissais donc son existence. Un jour, je l'ai vue à la télé, en train de parler de bourse et de placements. C'était un après-midi, dans une émission du style *Aujourd'hui Madame,* qui recevait des femmes ayant réussi leur vie personnelle et professionnelle. Et à cette époque, je m'intéressais à la Bourse. J'avais des fonds importants disponibles, à la suite d'un profit exceptionnel. Je trouvais idiot de ne pas les faire travailler, alors que n'importe quel pékin gagnait des mille et des cent à la Bourse. Je suis allé la voir. Je lui ai expliqué mes problèmes. Elle m'a orienté sur son beau-fils. Pendant un an, tout a bien marché. Une partie des fonds était placée sur le Matif, l'autre sur les actions. Au printemps 87, les actions ont commencé à rapporter beaucoup moins. Je ne me suis pas inquiété. Puis à l'automne, je n'avais plus tellement de nouvelles. Impossible de connaître l'état exact de mes positions. Là-dessus, arrive le krach, et là j'ai eu très peur. Ils avaient perdu 15 millions sur les 20 que je leur avais donnés. Pour les actions, c'était réellement de leur faute. J'ai fini par obtenir quelques explications sur leurs manigances. Je ne possédais pratiquement que des actions émises au printemps par une boîte d'agro-alimentaire, Cobida. Kervalec avait souscrit un énorme paquet de ces titres lors d'une augmentation de capital. Mais le cours n'avait fait que baisser au fil des mois. Pour arriver à rembourser la banque qui lui avait vendu les titres, il a dû bourrer tous les comptes de ses clients avec les actions Cobida. Il était devenu impossible de les vendre, car le marché en regorgeait, et aucun acheteur ne se présentait. Mettre en vente une seule action faisait chuter le cours un peu plus. Et alors, sur le Matif, c'était encore pire. Là, mon fric s'est carrément évaporé. Ils ne sont pas en cause directement, parce que ce n'est pas eux qui négociaient sur le marché. Ils passaient par un sous-traitant, une boîte spécialisée, Futurs SA. En fait, c'étaient des margoulins. Des vrais de vrai. Ils avaient mis au point une super combine. Vous connaissez le principe du Matif. D'un côté, vous avez des investisseurs qui vendent des obligations à terme, de l'autre, des investisseurs qui les achètent. Et pour que la machine tourne facilement, vous avez des spéculateurs, qui prennent des positions dans tous les sens à longueur de journée. C'est un jeu à somme nulle : celui qui gagne empoche ce que l'autre perd. En fait, c'est même un jeu négatif, comme le casino, parce que au passage, tout le monde prend des commissions sur votre argent, que les équipements informatiques coûtent des prix délirants, que les professionnels gagnent des salaires fabuleux. Et quand vous gagnez, vous payez des impôts. Donc, sur une longue période, vous êtes forcément perdant. Mais ça, je ne le savais pas à l'époque. Kervalec a confié dix de mes millions à Futurs SA, pour me faire gagner du fric. Et j'ai tout perdu. Ils prenaient des positions qui étaient toujours perdantes. En face d'eux, ou plutôt en face de mes positions, une banque suisse gagnait systématiquement. Ils m'ont lessivé le plus légalement du monde, pendant que la banque suisse s'enrichissait avec moi et les autres gogos. C'était tout bêtement une transfusion de fric entre copains. Leur combine a fini par se faire remarquer, et ils ont foutu le camp. Personne ne les a retrouvés. Mais on a découvert qu'ils avaient détourné en tout pour 500 millions de francs. Certains disent qu'ils étaient manipulés par les services secrets pour alimenter discrètement quelques caisses noires. Moi je crois qu'ils ont tout connement fait fortune.

— Pourquoi n'avoir pas porté plainte ?

— Madame l'Inspecteur, vous vous foutez de moi. Vous savez d'où viennent mes fonds. Prostitution, drogue, racket, pour l'essentiel. Et je porterais plainte ! Soyons sérieux.

— Tant que votre système a marché, il a eu l'avantage de blanchir votre fric.

— C'est exact. Les gains qui m'étaient réservés par la charge étaient ce qu'il y avait de plus honnête dans le pays de l'argent proprement gagné, qui pouvait être proprement investi ailleurs.

— Jean-Louis de Kervalec était au courant ?

— Je n'ai jamais rencontré M. de Kervalec père. C'est avec Viviane que je traitais, ou avec Charles pour les problèmes de gestion au jour le jour.

— Elle blanchissait beaucoup d'argent ainsi ?

— Je ne crois pas. Sinon, elle serait morte depuis bien plus longtemps. Tout le monde n'aurait pas eu ma patience, ou ma naïveté, qui me faisait espérer un juste dédommagement. Mais que pouvais-je faire ? Ces cons n'avaient plus un centime en caisse. Ils ont essayé de se faire racheter par une banque. Tous les problèmes auraient été effacés, mais dès que les banquiers ont mesuré le bordel qui régnait dans les comptes, ils sont partis en courant.

— Je crois savoir que vous avez menacé Viviane de mort.

— Moi ?

— On vous a entendu un jour crier dans son bureau.

— Croyez-moi, ce n'est pas mon style. Je n'ai jamais eu de sang sur les mains. Mais quand vous perdez 15 millions, il vous arrive aussi de perdre votre self-control. Je dois rendre des comptes moi aussi, et mes patrons ne sont pas des tendres.

— Vous risquez votre vie ?

— J'ai beaucoup de mal à leur expliquer les subtilités du Matif. Et si je résume mon aventure à une escroquerie, ils seront très vexés. Ils vont le prendre très mal.

— Pauvre garçon.

— Mais vous pouvez le dire sans sourire ironique. Oui, pauvre garçon. Mais comme vous m'avez l'air moraliste, vous devez être satisfaite. Tout se termine bien de votre point de vue : méchants financiers et méchants bandits dans le même sac.

Après la sortie de Fratelli, Sureau lui demanda comment elle avait été mise au courant des menaces de mort.

— Mais je n'en savais rien. J'y suis allée au bluff. Ce type est condamné à mort, il doit se défendre.

— Alors c'est lui ?

Elle n'en savait fichtre rien. Il ne lui faisait pas l'effet d'un assassin. Mais il était dans une position qui pouvait déséquilibrer n'importe qui. Une victime de malversations qui estime avoir son bon droit avec elle est capable de tout.

Antoine fit ensuite son entrée, l'air peu tranquille. Il avait peut-être croisé son client dans le couloir. Sa chemise rayée de rose vif arrivait à masquer la bedaine naissante. Rien par contre ne pouvait cacher sa calvitie. C'était un homme qui aurait pu avoir n'importe quel âge entre trente et cinquante ans. Cette première rencontre ne fit que renforcer un peu plus les préjugés de Sophie. Il lui semblait veule. Son père avait épousé Viviane quand il devait avoir treize ou quatorze ans. Sa mère était déjà malade à l'époque, et elle était morte trois ans plus tard. C'était le seul point commun entre eux : avoir perdu une mère jeune. Elle n'en éprouvait que moins de sympathie à son égard. Quand il s'était retrouvé seul, il était allé vivre avec son père, et s'était très bien entendu avec sa belle-mère. Elle se montra chaleureuse, une grande sœur ainsi que l'autorisait la différence d'âge. Ils sortaient ensemble le soir, ils riaient beaucoup, il lui parlait de ses aventures féminines, elle lui donnait des conseils. Son père était charmé de cette entente. Il avait décroché son bac difficilement, et à vingt ans avait laissé tomber des études mal engagées. Il était allé travailler avec son père, comme simple commis. Il avait appris ainsi le métier. Viviane l'avait soutenu lorsque Boussois s'était posé en successeur de Jean-Louis. C'est même elle qui l'avait poussé, lui s'en foutant un peu. Il ne se sentait pas fait réellement pour ce métier, ni pour autre chose d'ailleurs. Sa mort lui a fait un grand mal. Bien plus grand qu'à son père.

— Avez-vous couché avec elle ?

Sophie attaquait fort, ne sentant pas en lui une grande résistance. Il la regarda légèrement étonné. Il semblait se demander comment quelqu'un pouvait avoir l'impolitesse de l'entreprendre sur un domaine aussi intime et douloureux. Il répondit d'un ton plat.

— Non, jamais. Elle était ma belle-mère. Et je l'aimais en tant que telle.

— Vous étiez à la Bourse vendredi ?

— Oui, comme tous les jours. Mais je ne l'ai pas vue. Je ne l'ai pas tuée non plus. Cela n'aurait servi à rien.

— Et si vous me parliez de Fratelli ?

— C'est un de mes clients.

— Il avait combien chez vous ?

— 20 millions

— Il lui en reste combien ?

— Oh ! ça ne veut rien dire. La valeur des actions bouge tous les jours. Un jour vous possédez un milliard, le lendemain, vous pouvez avoir le double ou zéro.

— Oui, mais lui ?

— J'ai manqué de discernement dans la gestion de son compte. Je lui ai acheté beaucoup trop de Cobida. Elles sont actuellement à un niveau si bas que les vendre serait un suicide. Mais si cette firme dégage enfin de bons résultats, il fera une bonne affaire. C'est ce que je me tue à lui expliquer.

— Et pour le Matif ?

— Là, tout est paumé. Nous avons été abusés, les uns et les autres. Mais il se peut très bien qu'on rattrape ces types et leur magot un jour ou l'autre. Nous serions dédommagés.

— Vous voyiez souvent Fratelli ?

— Non, il préférait traiter avec Viviane.

— Vous saviez d'où il tirait ses revenus ?

— Non. Nous ne posons jamais ce genre de question.

— Il a eu des altercations violentes avec vous, ou avec votre belle-mère ?

— Avec tout le monde. Avec moi, il n'osait pas trop, parce que je suis plus costaud. Mais un jour, je suis intervenu de justesse pour sauver Viviane. C'était une semaine avant sa mort. Ce bonhomme était complètement désespéré. Jamais vu ça. Pourtant il lui reste une partie de son magot. Peut-être plus que nous...

— Et vous ne savez pas pourquoi il se comportait avec une telle violence ? Vous ne saviez pas que vous opériez du blanchissement ?

— Mais non, absolument pas. Ce garçon avait l'air honnête et intelligent.

— Il l'est.

— Alors, nous avons paumé l'argent du milieu ?

— Exactement.

— Pffft. Mais il faut nous protéger !

— Nous le ferons, si vous recevez des menaces. N'hésitez pas à nous appeler. Nous sommes là pour ça.

Banquier rose

« ÉCOUTE Michel, l'ami te dit qu'il comprend parfaitement bien la façon dont tu mènes ton affaire, et l'ancien boursier en est très admiratif. Mais le nouvel inspecteur de la COB est très mécontent. Tu te fous vraiment du monde. Tu fais tout en douce, sans fournir aucune information aux investisseurs, en te foutant des règles.

— Que ferais-tu à ma place ?

— Mais je n'y suis pas justement. C'est trop facile ce genre d'argument. Moi je suis là pour vous obliger à respecter les droits des épargnants. Tu pourrais m'aider et donner l'exemple.

— C'est ça, je vais me couper le bras droit et le montrer à tous en criant « imitez-moi ». Tu sais ce que ça représente pour moi cette affaire. Le marché a toujours fonctionné ainsi. Franchement, une petite entorse de plus ou de moins n'empêchera pas le monde de tourner. Tu n'auras qu'à sévir après.

— Tu comptes gouverner avec de tels préceptes ?

— Mais je ne gouverne pas encore, je ne suis même pas ministre. Je suis seulement en train de réaliser un rêve d'enfant. C'est plus important que tout. Promets-moi de m'aider, Non, promets-moi seulement de ne rien faire contre moi.

Que dire à son meilleur ami dans un cas pareil? Les sentiments l'emportaient bien évidemment sur l'éthique. André secoua vaguement la tête d'un air boudeur. Et la sonnerie tinta, mettant fin à son embarras. Sophie entra dans la pièce, précédée d'une bouffée de parfum écœurante, avec un de ses jolis ensembles, vert émeraude, sur les épaules. Quand elle portait une couleur vive, c'est qu'elle voulait impressionner. Et ce soir était pour elle une importante séance de travail. Il lui fallait comprendre s'il y avait un lien entre Viviane, Champsaur et le raid boursier. Elle espérait faire déraper le plus rapidement possible la conversation sur ce sujet.

— Voilà donc notre futur grand homme. André m'a énormément parlé de vous.

— Allons donc, je croyais que vous aviez occupé la soirée de vos retrouvailles à autre chose.

Elle devint toute rouge. Chaque fois qu'un homme attirant faisait allusion à ses relations avec d'autres, elle perdait ses moyens. Or, Michel lui plaisait beaucoup. Il n'était pas vraiment beau, il n'était pas très grand, ses cheveux noirs tenaient difficilement en place et son nez était trop long, mais il avait un charme insensé. Et sa voix était effroyablement douce. Elle en voulait beaucoup à André de lui avoir tout raconté.

— Nous avions eu le temps de faire un tour d'horizon de nos vies.

Suivit alors le traditionnel : « Vous êtes dans la banque, non? », mais qui ne déclencha qu'un grognement sans enthousiasme. Elle pouvait difficilement insister.

— Sais-tu que c'est Michel qui a insisté pour que j'organise ce dîner?

La voix d'André parvenait assourdie de la cuisine où il préparait l'apéritif. Des boudins créoles.

— Quand je lui ai dit que je connaissais le flic qui enquêtait sur la mère Kervalec, il a tenu absolument à en savoir plus. Surtout quand je lui ai dit que tu étais ravissante.

Cette fois-ci, c'était au tour de Michel de rosir et de se sentir gêné. Sophie le remarqua et en profita, tout heureuse, pour embrayer sur les questions qui lui tenaient à cœur.

— Cette histoire vous intéresse donc ?

— Oui, figurez-vous que j'avais salué Viviane au Palais vendredi dernier. Quand j'ai appris qu'elle n'en était pas ressortie vivante, j'ai voulu en savoir plus. C'est naturel, non ?

— Tout à fait. Vous étiez donc vous aussi à la Bourse ?

— Pourquoi moi aussi ?

— Pour rien. On m'avait dit que personne n'y allait.

— C'était une journée exceptionnelle. Et alors qu'avez-vous trouvé ? Êtes-vous déjà sur une piste ?

— Non, aucune. Je ne devrais pas le dire, mais je nage en plein brouillard. Je sais à quelle heure elle a été étranglée, et c'est à peu près tout. J'ai une collection de suspects, avec des mobiles plus ou moins valables, qui ont tous eu la possibilité matérielle de le faire.

— Qui sont-ils ? Je vous jure que je n'en dirai rien à quiconque.

— Mais vous voulez rire. C'est aussi top secret que vos OPA en tout genre.

— Michel a peur d'être sur la liste.

— Vraiment ?

— André est un plaisantin.

— Il n'a pourtant pas tort. Vous avez pu le faire, vous êtes, je crois, en relation avec Gustave de Champsaur, qui était, lui, lié à Viviane. Reste à trouver le mobile.

— Je suis un de ses anciens amants et la jalousie m'a poussé au crime.

— Vous fréquentiez sa chambre ?

— Non. Elle commençait tout de même à se défraîchir.

— Tu exagères. Je n'aurais pas craché dessus.

— Eh bien, à mon goût, elle était usée.

— Vous la connaissiez bien ?

— Comme je connais mes relations d'affaires. Rien de plus, je vous assure. Elle avait une telle réputation que tout le monde voulait la rencontrer au moins une fois.

— Elle était toujours proche de Champsaur ?

— Je n'ai jamais entendu dire qu'ils fussent en mauvais termes.

— Expliquez-moi comment on prépare une OPA. Je commence à trouver votre travail passionnant.

— Ah, là c'est à moi de vous rire au nez. Ce sont des secrets de cuisinier. Ils ne se révèlent pas. Si vous restez sage, je vous dirai tout, mais quand j'en aurai terminé. On peut faire un marché ; vous me direz tout sur votre enquête, et moi sur mon raid.

— Topez là.

Après quoi, la conversation se poursuivit sur des thèmes plus badins, comme les nouveaux jeunes, le sida, le Top 50 et autres sujets de salon. André avait cette fois-ci préparé des bocconcini. Il expliqua sa recette : escalopes de veau fourrées de jambon et de fromage, nappées de crème fraîche et gratinées au four. Il les avait servies avec des pâtes fraîches. Pas léger, mais fort bon.

Quand Sophie voulut partir, Michel Simonnet s'offrit de la déposer en taxi. Elle n'osa pas l'inviter à prendre un dernier verre, c'eût été peu flatteur pour André. Pendant le trajet, elle essaya à nouveau de le brancher sur Champsaur. Il orienta la conversation sur la philosophie des OPA. Il en était très partisan. Elles étaient le meilleur garde-fou du capitalisme, une menace pesant sur les sociétés mal gérées. Quand leurs bénéfices baissaient, un industriel se présentait, pour prendre la relève, les redynamiser, et sauver à terme des emplois. Il ne réussissait peut-être pas sans une restructuration, et des licenciements, mais c'était le prix à payer pour la gestion précédente. Et cela valait mieux qu'un dépôt de bilan pur et simple. Les entrepreneurs dynamiques secouaient la gangue du vieil establishment européen, qui nous avait menés à la décadence. Non, tout cela était décidément très bien. Son seul regret était de voir les législations européennes essayer de s'opposer à cette cure de jouvence. Il était parfois difficile de financer les OPA sur le vieux continent. Elles étaient même parfois officieusement interdites, comme en Allemagne ou en Suisse. Aux États-Unis, les banques prêtaient des dizaines de milliards de dollars pour lancer des mégaraids. Des groupes énormes se faisaient racheter, puis couper en rondelles. Chaque filiale était alors vendue aux enchères, et le raider pouvait encaisser des bénéfices fabuleux. Elle ne l'avait pas vu aussi enthousiaste de toute la soirée. « Bien sûr, les Américains pratiquent ce sport un peu excessivement, mais lui seul peut remplacer des politiques industrielles étatiques et inefficaces.

— Mais je vous croyais de gauche.

— Oui, et alors ? »

Sophie l'écoutait, incapable d'argumenter, ou plutôt n'osant pas argumenter. Elle doutait toutefois de la solidité du raisonnement. Elle avait l'impression d'entendre un raisonnement bâti *a posteriori* pour justifier des passions financières, bien humaines. Et pourtant, il n'avait pas tort non plus. Elle se sentait complètement désemparée, devant des événements semblant importants, mais opaques.

Elle trouva sur son répondeur un message laissé par Aymeric.

« Ma mère a vu Champsaur la veille de sa mort. C'est tout pour aujourd'hui. »

Elle eut beaucoup de mal à s'endormir ce vendredi soir, essayant de réunir les fils d'une histoire qui lui échappait. Si Champsaur était impliqué dans l'affaire, de près ou de loin, c'est que l'assassinat était lié à l'OPA qu'il subissait. Elle se rappela que son père disait toujours que cet homme ne s'intéressait qu'au pouvoir. Si les bases de ce pouvoir vacillaient, il s'effondrerait avec.

La solution était peut-être dans les comptes de la charge. Elle se leva et regarda le réveil lumineux. 2 h 30. Tant pis, elle décrocha son téléphone pour appeler André.

— Je te réveille ?

— C'est une question idiote à cette heure de la nuit, tu ne crois pas ?

— Excuse-moi. Lundi matin, peux-tu aller examiner tous les bilans et les opérations en cours des Kervalec ?

— Mmmeu, tu ne pouvais pas attendre demain pour me le dire ? En plus, c'est un peu délicat. Les sociétés de bourse n'apprécient que modérément ce genre d'inquisition. Il faudrait le feu vert du Trésor.

— J'appellerai le petit jeune homme que j'ai rencontré. Quel est son nom ? Rossignol, non ?

— Je pencherais plutôt pour Pinson.

— Tu as son numéro ?

— Je ne te conseille pas de le traiter comme moi. Il a peut-être l'air bien doux, mais c'est un bloc de béton très susceptible.

— Alors, tu n'auras son autorisation que lundi. Rendors-toi, il faudra que tu sois en forme.

— Merci beaucoup.

— Au fait, qu'as-tu pensé de Simonnet ?

— Il a l'air très bien. Pourquoi me le demandes-tu ?

— Comme ça. Bonne nuit.

Son premier geste le lundi matin fut d'appeler Olivier Pinson. Il fut charmant et charmeur. Il prit des nouvelles de l'enquête, parut embêté qu'elle n'ait pas progressé, et encore plus quand elle sollicita son aide pour aller inspecter les livres des Kervalec. Était-ce bien utile ? Après cinq minutes de négociations, il finit par céder et promettre qu'il appellerait le président de la COB. Mais il exigea en échange la plus grande discrétion avec les médias. Si jamais ils découvraient des irrégularités qui n'étaient pas liées au meurtre, et d'ailleurs, elles n'avaient aucune raison d'y être liées, il était hors de question qu'elles soient divulguées. La discipline était un problème interne de la profession, qui prendrait les sanctions adéquates.

Elle alluma ensuite une cigarette, en tira deux bouffées, l'écrasa dans sa tasse à café avant de redécrocher le téléphone. Cette fois, elle ne pouvait plus reculer. Il lui fallait bien percer enfin le rôle que tenait le vieux requin dans le crime. Elle avait toujours été mal à l'aise avec lui. Ce que lui avait appris le vieux monsieur Cantarelle au palais Brongniart lui avait confirmé ce qu'elle avait toujours soupçonné : le rôle du baron dans le suicide de son père. Celui-ci avait préféré absorber tous les barbituriques que contenait l'armoire à pharmacie, la veille de se rendre à la convocation d'un juge d'instruction. Il devait être interrogé sur une affaire de détournement de fonds dans une société immobilière.

Ce fut un scandale à l'époque. Elle avait refusé de s'y impliquer, mais s'était toujours demandé comment le discret associé avait pu se sortir aussi bien d'une affaire qui avait coûté la vie à l'autre. Cette fois-ci, si elle le pouvait, elle le coincerait...

— Le baron de Champsaur, s'il vous plaît.

— Il est en conseil d'administration. Puis-je prendre un message ?

— Non, je dois lui parler immédiatement. Inspecteur Devernois de la police judiciaire.

— Je suis certaine que monsieur le baron vous rappellera dès que sa réunion sera terminée.

— Je suis pressée. Alors vous allez lui dire tout de suite que Sophie Devernois désire lui parler. Il me connaît très bien.

A contrecœur, la secrétaire transmit le message. Sa voix avait soixante ans, était revêche, et encore plus méprisante que celle de son patron.

— Chère Sophie, quel plaisir de vous entendre. Qu'êtes-vous devenue ?

— Inspecteur de police.

— Mon Dieu, quel vilain métier pour la ravissante jeune femme que vous avez dû devenir. Vous avez pris les mauvaises manières de vos congénères. Je suis en plein conseil. J'espère que vous me dérangez pour une raison importante.

— Oui, je suis chargée du dossier Kervalec, et je désire vous voir le plus rapidement possible.

— Mais qu'ai-je à voir avec ça ?

— Vous la connaissiez très bien, et vous l'avez rencontrée la veille de sa mort.

— Les gens sont trop bavards. Eh bien, nous pourrons nous rencontrer demain, j'imagine. Laissez-moi consulter mon agenda, je suis assez pris ces derniers temps.

— Non, monsieur le baron, je vous attends cet après-midi à 14 heures à mon bureau.

— Vous êtes effectivement très mal élevée, ma petite fille, mais je me plierai à vos désirs. Les femmes m'ont toujours mené par le bout du nez.

— Dans ce cas précis, vous n'avez pas d'autre choix.

Tous deux menaient la conversation sur un ton mondain

qui ne les trompaient pas. Sophie ne savait quelle attitude adopter face à cet homme. Comment la prendrait-il au sérieux ? Comment impressionner un homme qui l'avait connue avec ses boutons d'acné ? Pour lui, elle était une sage et bonne élève obéissante qui avait eu un jour un coup de fièvre. S'il lui faisait la moindre réflexion sur sa période hippie, ou s'il lui demandait si elle avait changé le monde, elle le bouclerait. Elle prendrait n'importe quel prétexte, mais il serait enfermé jusqu'à la mort.

Après avoir tempêté toute seule dans sa tête pendant cinq bonnes minutes, elle se sentit soulagée. Elle avait retrouvé son calme. Le baron serait entré à l'instant dans la pièce, elle l'aurait accueilli avec un grand sourire.

— Sureau, venez ici, s'il vous plaît. Pourriez-vous faire suivre les deux jeunes Kervalec ?

— Pourquoi ? Ils sont menacés aussi par la grande vendetta ?

— Non, le cadet parce qu'il sait beaucoup de choses, et qu'il pourrait nous mener dans des lieux intéressants. Et l'aîné parce qu'il m'intrigue. Et aussi, parce qu'on ne sait jamais.

— Le labo nous a livré les secrets de votre clé mystérieuse. Elle correspond aux coffres utilisés par la banque Vernes. Si, bien sûr, le coffre est en France, car le modèle est assez courant en Suisse.

— Une chance sur cinq donc ?

— A peu près.

— Eh bien, prévenez le juge et dites-lui que nous avons besoin de sa bénédiction pour aller forcer un coffre. Et ensuite, demandez à ces messieurs Vernes si Viviane était de leur clientèle.

— Vous n'avez pas à me hacher menu le travail que je

suis censé faire. Je sais très bien quelles sont les étapes à respecter. Je ne suis pas le gogo que vous croyez.

Sophie le regarda, fronçant le sourcil. Embêtée. C'est vrai qu'elle avait toujours envie de décortiquer les tâches des autres et de les submerger de conseils. Mais elle n'appréciait pas qu'on le lui fasse remarquer. Elle le congédia d'un geste sec.

— Et je ne suis pas un domestique non plus.

Il claqua la porte. Après avoir rempli la paperasse quotidienne, elle ressentit quelques tiraillements à l'estomac. 13 heures. Elle prit son *Libération* sous le bras et alla déjeuner. Il lui restait une heure avant d'affronter Champsaur.

Elle s'installa dans un coin tranquille de son bar habituel et commanda son sandwich aux rillettes sans cornichons avec un demi. Elle feuilleta le quotidien. Elle débutait toujours par la dernière page, remontant lentement en jetant un coup d'œil aux titres. Puis elle repartait dans l'autre sens pour lire ce qui l'intéressait. Là, le moteur s'enraya. Dans les pages Finances, un gros titre l'arrêta : « Gustave de Champsaur négocie actuellement la vente des supermarchés Dinosaure au groupe italien Raniscente, une filiale de Silvano Berlus. Le baron de la Finance qui est victime d'un raid boursier a besoin de cash pour se défendre, et il serait prêt à céder une des perles de sa couronne pour éloigner les attaquants. Depuis un mois et demi, les titres de son groupe font l'objet d'un ramassage systématique, très bien orchestré, dont l'initiateur reste pour le moment inconnu. Toutefois deux banques seraient en train de mener l'attaque selon nos informations : d'une part la banque Hautecœur, de l'autre la maison Lazard Frères. L'établissement de Michel Simonnet détiendrait déjà au moins 10 % du capital. Il est encore impossible de savoir si Lazard intervient pour son propre compte, pour défendre Champsaur ou soutenir Simonnet. Cette dernière hypothèse semble la plus crédible. En effet, durant la dernière guerre, le baron avait mis la main sur des biens confisqués aux Juifs, et notamment l'hôtel particulier d'un des partenaires de Lazard. Il avait dispersé sa très belle collection de tableaux. On ne voit donc pas très bien aujourd'hui... »

L'article se poursuivait sans lui apprendre rien de bien neuf. Sophie termina lentement son repas et avala son indispensable café. Elle n'avait plus qu'à rentrer à son bureau et attendre nerveusement la confrontation.

Banquier noir

« MAIS vous n'avez pas changé ! Toujours aussi fraîche et belle que dans mon souvenir.

Le baron fit son entrée, le verbe haut, le pas décidé de celui qui ne craint rien et surtout pas la police.

— Vous non plus, vous n'avez pas changé.

Dieu, quel âge pouvait-il avoir ? Soixante-dix, quatre-vingts, plus ? Il avait toujours ses cheveux blancs, il se tenait toujours aussi droit, il était toujours mince. Seules les rides étaient plus profondes. Et des taches de vieillesse s'étaient imprimées sur ses mains.

— La préfecture non plus n'a pas changé.

— Depuis quand ?

— Depuis mon retour d'Afrique, chère enfant. J'avais dû venir faire un petit tour pour éclaircir certains détails de l'Occupation. Heureusement, tout cela était déjà bien loin. Il vaut mieux oublier le plus vite possible les périodes désagréables pour tout le monde. J'imagine que vos dossiers vous ont déjà renseignée ?

Elle fit celle qui savait tout.

— C'est pendant la guerre que j'ai fait la connaissance de votre père. Vous le saviez ?

Non, elle ne le savait pas. Et elle ne voulait pas en savoir plus. Que sous-entendait-il ? Elle répliqua sur un ton très cassant, qui sembla le surprendre.

— Mon père est enterré depuis longtemps. Je ne pense pas qu'il puisse être mis en cause dans l'assassinat de votre amie. Vous êtes donc prié de le laisser tranquille dans sa tombe.

Un crotale. Voilà ce qu'il était. Un serpent qui mord avant même d'être attaqué.

— Pourriez-vous me parler de vos relations avec elle ?

— Vous parlez de Mme de Kervalec, je suppose ?

Elle le fusilla du regard. Il éclata de rire.

— Ah, c'est comme ça que vous êtes les plus belles. En colère.

Dans des moments pareils, elle regrettait de toute son âme de ne pas être un homme. Avec quel plaisir elle se soulagerait en le cognant.

— Viviane était une connaissance assez ancienne. Je l'avais fréquentée dans les dîners qui réunissent parfois les financiers et leurs épouses. Elle était belle, et je crois avoir couché avec elle quelquefois.

— C'était quand ?

— Une bonne dizaine d'années.

— Dans votre pavillon de chasse ?

— Vous êtes une bonne enquêtrice, vous avez entendu parler de mes week-ends. Ils étaient prisés à une certaine époque, et d'ailleurs...

— Je vous interdis de remettre mon père sur le tapis. Surtout pas vous.

— Allons, calmez-vous, ce n'était pas mon intention. Il faut des nerfs solides dans votre métier. Êtes-vous sûre d'être à la hauteur ? Vous feriez un très mauvais trader.

— Vous avez un culot monstrueux.

— Mais chère enfant, pensez-vous que sans cela je me serais sorti de la guerre, de l'Afrique et du socialisme sans une égratignure ? Ayez un peu plus de recul sur les choses.

— Et Viviane ?

— Elle m'amusait. Elle m'étonnait même. Elle avait une santé incroyable. Elle aurait pu réussir n'importe où. J'avais du respect pour elle, ou plutôt pour ses virtualités.

— C'est pour cela que vous l'avez prostituée ?

— Mais elle ne s'est jamais prostituée. Voyons, vous parlez d'une dame. Non, moi je lui ai seulement donné de l'ambition. C'est triste à dire, mais son mari n'a jamais rien fait pour elle. Avec lui, elle s'encanaillait à mi-temps. Avec moi, elle s'est accomplie. Dans les années soixante, à leur fin du moins, les jeunes gens comme vous croyaient intelligent de manifester, de se baigner nus dans les fontaines, de se déguiser en Chinois ou d'aller tondre des chèvres. Ne rougissez pas, moi, j'ai été fasciste, et j'y ai cru aussi. D'autres gens, plus âgés, ont aussi profité de cet esprit, pour faire autre chose de leur vie. Voilà tout. Il n'y a pas de quoi fouetter un chat.

— Pourquoi l'avez-vous vue la veille de sa mort ?

— Je pourrais vous raconter n'importe quel bobard, bête comme vous l'êtes, vous l'avaleriez. Mais si ! Nous déjeunions ensemble tous les quinze jours, et ce rendez-vous tombait justement ce jeudi. Ou alors, si vous préférez, elle m'a téléphoné en pleurs pour me raconter ses peines de cœur. Je l'ai réconfortée. La vérité est que nous avons parlé affaires. Cela est confidentiel, je ne vous dirai rien de plus.

— Je vous rappelle que vous êtes tenu de répondre à mes questions, et que je peux vous inculper.

— On ne m'inculpe pas sur un coup de tête. Vous ne savez rien. Quant à mes relations avec Viviane, elles se bornaient aux affaires, point. Elle était entremetteuse dans l'âme, et ses qualités faisaient aussi merveille dans la finance. Je faisais donc parfois appel à ses services. Êtes-vous satisfaite ?

— Pas vraiment. Elle vous avait parlé de ses problèmes avec Fratelli ?

— Oui, cela l'amusait assez. Elle avait l'impression de jouer avec de la dynamite. Elle lui a fait paumer je ne sais combien de millions, et depuis elle le faisait tourner en bourrique. Elle n'avait pas tellement d'autre solution.

— Il n'y avait rien à faire ?

— Non, ils doivent des millions à la terre entière. Ils sont au bout du rouleau.

— J'ai lu dans la presse que vous n'étiez pas en meilleure posture. C'est peut-être de ça que vous discutiez avec elle ?

— Je traverse une passe suffisamment difficile pour n'en parler à personne. Un général ne dévoile pas son plan de contre-attaque avant de l'avoir effectivement enclenché. Par contre, je peux vous donner un conseil. Vous connaissez un certain Michel Simonnet ?

— Oui, j'ai lu que c'est lui qui vous attaque.

Elle était sur ses gardes, se demandant où il voulait en venir.

— Oui, c'est vrai. Mais intéressez-vous à lui d'un peu plus près. Vous savez, ce jeune homme connaissait Viviane aussi. Et il n'est pas aussi propre qu'il semble l'être.

— Comment cela ?

Il prenait son temps pour répondre, la forçait à le prier de parler. Il avait repris la donne.

— Écoutez, je ne peux pas trop parler, car vous pourriez alors m'accuser de subornation de fonctionnaire, ou Dieu sait quel autre péché juridique. J'ai été en rapport avec ce monsieur quand il était au ministère des Finances. Il était également venu à mes week-ends. Et il m'en a été reconnaissant. Cherchez, mademoiselle, cherchez.

Il se leva, tourna les talons, et la laissa interdite, sans

ajouter un mot de plus. Il referma la porte, pour la rouvrir dix secondes plus tard.

— Et à bientôt sans doute.

Quel requin ! Comment avait-il pu penser qu'elle tomberait dans un piège aussi grossier ? Vendre à la police le nom de l'homme qui était en train de gagner son groupe. Il avait vraiment un toupet monstrueux. Il se croyait encore sous l'Occupation. Elle n'en revenait pas. Il avait tout fait pour l'exaspérer, et dès qu'il avait senti qu'elle allait craquer, il l'avait dirigée sur la piste qu'il avait lui-même choisie. Elle reprit son calme, puis souleva le poste téléphonique interne.

— Sureau ? Acceptez mes excuses pour tout à l'heure.

— C'était oublié, j'avais mal dormi.

— Vous dormez mal assez souvent ces derniers temps.

— C'est exact.

— Mais je n'en saurai pas plus. Très bien. Vous avez du neuf sur Vernes ?

— C'est une maison qui s'affole assez rapidement. J'ai dû traiter avec le P-DG, qui fut d'ailleurs fort aimable. Il connaissait Viviane, sans en faire grand cas. Il n'est là que depuis deux ans et demi, et il ignorait qu'elle avait un compte chez lui. On a lancé les recherches. Voilà. Et Fratelli a appelé. Il voulait nous signaler que plusieurs témoins étaient prêts à certifier qu'il était loin de la Bourse vendredi.

— Ce genre de témoins, je m'en méfie.

— Il semblait sincère.

— Oui, je crois que c'est une de ses grandes qualités : avoir l'air. Il vous a donné les noms de ses témoins ?

— Oui. Deux d'entre eux. Ils sont inconnus de nos fichiers. Il y a un flic en retraite.

— Ouille ! C'est particulièrement suspect ça. Pour déranger un flic, il faut vraiment être dans la merde.

— Il peut tout de même connaître des honnêtes gens.

— Faites-moi quand même une petite enquête de moralité sur eux. Ce sera peut-être l'occasion de garnir nos fichiers.

— Ah, j'oubliais. Un de vos amis, André Simpson, a téléphoné pendant votre entretien. Il passera chez vous ce soir. Il a paraît-il des nouvelles importantes, mais il a refusé de m'en dire plus.

Il avait déjà découvert des irrégularités dans les comptes de la charge. Elle se sentit immédiatement allégée et joyeuse. N'ayant plus rien de précis à mettre en train ou à boucler, elle décida d'aller lui préparer un repas qui le récompenserait de ses efforts. Après un dernier coup d'œil sur ses affaires, et avec un léger remords de partir si tôt (même pas 5 heures), elle quitta son bureau. Elle marcha jusqu'à la rue Montorgueil, dont le marché faisait toujours sa joie. Elle passa devant l'étal d'un boucher, et hésita, musarda devant les fruits et légumes. Elle finit par se dire qu'il était plus sage de faire confiance à un traiteur. Elle prit une daube qui serait très facilement réchauffée par son micro-ondes. Et le bordeaux qu'elle avait à la maison l'accompagnerait fort bien. Elle rentra rue de Cléry, grimpa ses quatre étages et alluma la radio. Elle avait ainsi du temps devant elle, qui lui permettrait de lire tranquillement. André appela vers 19 h 15 pour s'assurer de sa présence. Il débarqua une demi-heure plus tard.

— Tu es partie bien tôt.

— Oui, de temps en temps je m'accorde des après-midi paresseux. Parfois pour aller au cinéma, aux séances où la salle est presque vide. Parfois pour faire des courses, ou ne rien faire du tout. C'est un des avantages de mon métier. Quand je suis sur une enquête, j'organise mon temps à ma convenance.

— Et cet après-midi, qu'as-tu fait ?

— Telle la femme de tes rêves, j'attendais le retour de mon guerrier devant les fourneaux, tâchant d'exaucer ton futur appétit. J'espère que le guerrier m'a rapporté un trophée qui me dédommagera amplement.

— Le trophée n'est pas si mal.

Quand André était arrivé en milieu de matinée chez Kervalec, dûment bardé de tous les papiers nécessaires pour une inquisition, Boussois avait commencé par faire la gueule. Il s'attendait à une inspection des comptes, mais il espérait qu'un novice en matière boursière en serait chargé. Simpson, lui mettrait, évidemment le doigt sur la plaie.

Les états informatiques étaient dans son bureau, mais Boussois n'avait pas encore eu le temps de tous les regarder. Certaines choses l'avaient étonné, d'autres catastrophé. Viviane avait tout fait pour réduire son influence sur la gestion, et il n'avait jamais réalisé à quel point le trou qui s'était ouvert pouvait être profond. Il était impossible de le maquiller.

— Ma chère Sophie, il faut d'abord te dire qu'ils sont dans le gouffre.

— Ça, je sais.

Comme tous les joueurs malchanceux qui relancent la mise sans arrêt en espérant se refaire, les Kervalec avaient empilé les ardoises. Après les gifles encaissées pendant le krach, puis sur le Matif, ils s'étaient lancés sur les nouveaux marchés parisiens : les options et les indices. Un jeune polytechnicien fraîchement converti à la finance avait été engagé pour faire merveille sur le Monep, le marché des options sur actions. Le polytechnicien jongleur était persuadé que les marchés allaient vers un nouveau désastre, et il avait pris des positions à la baisse qui s'avérèrent catastrophiques. Son analyse était intelligente, mais les marchés financiers ont malheureusement l'habitude de réagir parfois sans réflexion. Il s'était aussi amusé avec le CAC 40 et l'OMF 50, deux marchés à terme d'indices boursiers : on y spécule sur l'évolution des indices boursiers : on achète si on croit à la hausse, sinon, on se place à la vente. Nouvel échec. Le génie en herbe avait quitté la maison en laissant derrière lui une cinquantaine de millions de francs partis en fumée. Mais il avait beaucoup appris, et sévissait, désormais très assagi et très efficace, à la Batif, la filiale bancaire de Thomson.

— Thomson a une banque ?

— Oui, qui fait dix fois plus de bénéfices que toutes les activités industrielles du groupe. C'est une bande de fous, qui prend des risques incroyables et qui gagne presque toujours. Heureusement, parce qu'ils auraient pu ruiner leur boîte avec les positions qu'ils ont prises. Bon, donc ça, c'était mon premier point. Le second, c'est que la charge a acheté un nombre incroyable d'actions de la Compagnie coloniale. Ils en ont bourré tous les comptes des clients, et ils ont trafiqué comme des malades sur les options. Ils ont dû bloquer au moins 5 % du capital de Champsaur dans leur société. C'est énorme par rapport à leurs moyens.

— Mais pour qui l'ont-ils fait ?

— Alors là, ma vieille, je suis dans le bleu comme toi. J'échafaude mes hypothèses. On peut penser qu'elle était de mèche avec le baron. Pour le protéger, elle a ramassé des titres. Ce qui évitait au baron d'enfreindre la réglementation sur l'autocontrôle. Hypothèse deux, elle l'a fait pour Simonnet. Hypothèse trois, elle voulait faire du *greenmail,* ou plutôt du chantage en français. Cela consiste à accumuler des titres, puis menacer Champsaur de se joindre à l'OPA de Simonnet s'il ne verse pas un énorme prix de rachat. Hypothèse quatre, ses intentions n'étaient pas malignes : elle accumulait en se disant que les cours allaient monter, et qu'alors elle pourrait renflouer la charge. Une spéculation toute simple avec un gros bénéfice à la clé, et sans risques : elle connaissait suffisamment bien le héros pour savoir à partir de quand elle allait se brûler les doigts.

À la façon dont Champsaur lui avait peint Viviane, Sophie était sûre qu'elle tenait un rôle actif dans la partie. Mais aux côtés de qui ? Il lui fallait aussi éclaircir les accusations du baron contre Michel.

— Tu connais Simonnet depuis longtemps ?

— Oui, depuis le lycée. C'est même lui qui m'a incité à faire Sciences po. Mais lui était déjà admis à l'ÉNA quand moi je suis rentré à Paris. Il avait eu le temps de prendre trois ans d'avance.

— A-t-il des faits à se reprocher ? A-t-il dérapé un jour ?

— Michel ?

— Oui.

— Que veux-tu me faire dire ?

— Jure-moi de garder le silence, de ne jamais en parler à personne, et surtout pas à lui. Champsaur m'a affirmé que Michel avait traficoté quand il était au Trésor.

André éclata de rire.

— Michel ? Tu te fous de ma gueule. On dirait que ce garçon a avalé des litres d'amidon quand il était môme tellement il est raide. Aussi bien physiquement que moralement. C'est vraiment pas le style à toucher à ces combines. Il ne carbure qu'à l'ambition, pas au fric. Déjà quand on était lycéens, il se voyait en futur Giscard, mais en version de gauche. La gauche morale, inflexible, dure, celle qui a disparu. Il était bourré de principes et il obligeait les autres à en avoir. Je me suis toujours demandé s'il n'allait pas au temple le dimanche. Et tu ne dois pas oublier qu'il vise le gouvernement depuis très longtemps. Je ne crois pas qu'il se serait amusé à tacher sa réputation même si cela avait pu faire de lui l'homme le plus riche de la terre.

Elle se sentait soulagée et respirait mieux, calmée par le portrait que traçait André de son ami. Elle ne voulait pas qu'il fût coupable, mais l'idée s'insinuait en elle en même temps qu'elle la combattait.

« Quand je pense qu'une pourriture comme Champsaur ose balancer des trucs pareils sur un mec correct, ça m'effondre. J'espère que tu ne l'avais pas cru au moins ? Ça me ferait mal.

Ils étaient passés au salon. Chico Buarque se chargeait du fond sonore. André la fixait, essayant de percer ses sentiments.

Tout en parlant, il lui caressait le genou. Elle avait fermé les yeux. La main remontait vers le haut de sa jupe, et tout son corps frissonnait. Les rythmes brésiliens la berçaient, et la réchauffaient aussi.

— Non, je n'y croyais pas vraiment.

Protections rapprochées

AVANT de partir, André lui avait dit qu'à ses yeux, Boussois pouvait constituer un suspect idéal. Elle y avait pensé aussi. Mais son cas paraissait presque trop évident. Le pauvre type dans toute sa splendeur. Elle se demanda s'il était vraiment utile de le convoquer à nouveau pour l'interroger. Il lui semblait si fragile qu'elle hésitait. Elle n'avait aucune envie de déclencher une dépression nerveuse sans objet. De toute façon, il était inoffensif. Si c'était lui le coupable, il ne tuerait plus personne désormais. Au pire, il se suiciderait. Avant de s'occuper de lui à nouveau, elle attendrait de savoir ce que Viviane cachait dans son coffre introuvable.

Les rapports de filature des fils Kervalec étaient sur son bureau. Aymeric avait quitté son domicile à 10 heures, était allé en cours de 11 heures à 13 heures, avait déjeuné en compagnie de deux personnes de son âge dans un salon de thé près du Luxembourg, puis était retourné à la Sorbonne jusqu'à 15 heures. Après quoi, il avait descendu le boulevard Saint-Michel avec un autre étudiant, qui n'était pas au déjeuner. Ils étaient allés jusqu'aux Tuileries. Ils s'étaient promenés là où les garçons se rencontrent et s'étaient fait aborder par trois hommes, d'apparence très commune. Ils avaient ri ensemble un bon quart d'heure, après quoi Aymeric s'était détaché du groupe pour aller à la Concorde. Il avait pris le métro et vers 17 heures était rentré chez lui. Seul. Il n'était pas ressorti. Son père n'était pas rentré de la nuit. La lumière de sa chambre ne s'était éteinte que vers 2 heures du matin.

La lecture de ces rapports très privés étaient toujours une joie malsaine. Elle pénétrait dans l'intimité des gens, les suivait à la trace, reconstituait leur journée, leur vie, leurs amours, sans aucun problème de conscience puisque c'était pour la bonne cause. Elle avait ordonné la filature d'Aymeric plus pour satisfaire sa propre curiosité que dans un but professionnel, mais elle ne le regrettait absolument pas. Et ces renseignements pourraient toujours se révéler utiles. Elle se demandait où Jean-Louis avait pu passer la nuit. Elle nota sur un carnet de lui poser cette question.

Le fils aîné était sorti de chez lui vers 7 h 30, était monté dans sa Jaguar, s'était garé dans le parking souterrain de la Bourse avant d'arriver vers 10 h 15 au bureau. À 13 heures il s'était rendu en taxi rue Fontaine, au numéro 16. Une heure plus tard, il en ressortait en compagnie d'un homme. La photo révélait le visage de Fratelli. Ce dernier avait l'air très excité, tandis que Charles avait une mine abattue. Tous deux étaient retournés ensemble rue Montmartre, d'où Fratelli était reparti une demi-heure plus tard. Charles avait quitté les lieux vers 19 heures, était rentré se changer, avant de se rendre à un dîner rue Murat, dans le bas du XVIe arrondissement. Il était reparti peu après minuit, pour aller boire un verre chez Castel. Il n'était resté qu'une heure, puis était allé se coucher.

Elle appela la charge.

— M. Charles n'est pas encore là, répondit la secrétaire. Puis-je prendre un message ? Non, je ne sais pas à quelle heure je le verrai. Je ne savais pas qu'il s'absenterait ce matin.

— Passez-moi son père dans ce cas.

Ils convinrent avec Jean-Louis d'un rendez-vous en début d'après-midi.

Sureau frappa à la porte.

— J'ai reçu tous les papiers du juge. J'ai l'autorisation officielle de cambrioler le coffre de Mme de Kervalec. Mais la banque Vernes, c'est pas des rapides, et je ne sais toujours pas si ses secrets sont cachés dans une de ses agences.

— Tachez de vérifier, en attendant, si la brigade financière ou les RG ont quelque chose sur Michel Simonnet.

Le téléphone l'interrompit.

« Oui ? Oui, laissez-le monter.

Deux minutes plus tard, Aymeric faisait son apparition, tout de rouge vêtu. Un ensemble élégamment destructuré, qui paraissait fort coûteux. Du Montana lui semblait-il.

« Mais c'est fort joli, cette tenue.

— Oui, j'ai mis ce que j'avais de plus voyant pour faciliter la tâche de vos hommes. Ils ne me perdront plus.

— Vous les avez remarqués ?

— Je ne suis pas complètement nase. Au départ, je me demandais qui était le blondinet, plutôt mignon d'ailleurs, qui me suivait. Je croyais qu'il me draguait. Alors, j'ai ralenti, je m'arrêtais à toutes les vitrines pour lui laisser le temps d'approcher. Il n'en a rien fait. En sortant de cours, il avait disparu, mais bientôt j'ai remarqué qu'un autre type, plus âgé et sans intérêt me suivait. Là, j'ai compris. Je peux vous permettre de faire des économies en vous communiquant mon emploi du temps.

— Ils ne sont pas là uniquement pour vous suivre.

— Pourquoi donc alors ?

— Pour vous protéger.

— Me protéger, mais de quoi ? Vous pensez que ma

famille va être victime d'un vengeur masqué qui va tous nous occire pour nos divers péchés ? Vous avez lu trop de tragédies grecques. Soyons réalistes, nous ne sommes pas assez corrompus pour mériter pareil traitement.

— Il n'est pas là question de corruption, ne soyez pas toujours aussi orgueilleux.

En face de lui, elle se rappelait qu'elle n'aimait décidément pas les adolescents, même quand ils paraissaient adultes. Leur dureté était insupportable, et la troublait.

— Non, c'est bien plus bête. Ce sont des problèmes financiers en suspens qui pourraient dégénérer.

— Êtes-vous en train de faire une délicate allusion aux activités de blanchisseuse de ma mère ?

— Évidemment, vous étiez au courant.

— Évidemment. Un soir à la maison, elle a reçu un coup de fil d'un Figatelli.

— Fratelli.

— C'est pareil, vous êtes lourde par moment. J'ai décroché. Je demande toujours « de la part de qui » pour satisfaire ma légitime curiosité. Je lui ai passé l'appel dans sa chambre. Au bout de trois minutes, j'ai entendu des cris. Je me suis approché de sa porte, et j'ai entendu assez distinctement des phrases du style : « J'en ai assez de vos combines à la noix, je ne savais pas d'où venait votre fric, vous me l'avez fait blanchir, mais maintenant c'est fini, vous ne récupérerez pas un centime. » Je me suis dit que ça sentait vraiment mauvais. Elle avait un ton que je ne lui avais jamais entendu. Elle semblait avoir réellement peur. Une forte peur, qui la rendait dure et méchante. Voilà, c'est tout ce que je sais. Je ne lui en ai jamais parlé. C'était trop sérieux.

— Tant pis. Je vous remercie pour votre message sur Champsaur.

— Oh, ce n'était qu'une petite délation ordinaire, une

démonstration de sympathie. J'ai aperçu le baron une ou deux fois, il ne me plaisait pas.

— Comment l'avez-vous appris ?

— En laissant traîner mes oreilles velues, comme d'habitude.

— Avez-vous une idée sur l'assassin ?

— Noon. Enfin, je ne crois pas.

Il avait marqué un temps d'arrêt.

— Vous me le diriez ?

— Uniquement si ça m'arrangeait.

— Et Boussois vous arrangerait-il ?

Il éclata de rire.

— Mais non, cessez de penser à lui. C'est une éponge sans fierté. Il ne l'aurait jamais fait. N'oubliez pas qu'il faut tout de même une sacrée dose de sang-froid pour tuer une bonne femme dans les toilettes de la Bourse. Il faut perdre complètement la tête, ou avoir énormément de courage. Et ce portrait ne correspond pas à Boussois. Il a été parfaitement domestiqué. Il rendait les services qu'il devait rendre, sans se plaindre.

— Pourquoi votre mère lui en voulait-elle à ce point ?

— Il a fait un scandale auprès de mon bien-aimé père quand elle a décidé de travailler. Il n'en voulait pas. Il consommait un assez grand nombre de canettes pendant ses après-midi, et un soir, l'alcool a viré au vinaigre et il l'a traitée de pute devant les gens de la charge. Ce qui n'a rien fait pour détendre le climat. Mais, de toute façon, elle aurait poussé mon frère adoré. Elle l'aimait bien, je crois vous en avoir déjà parlé, et elle rêvait d'avoir une famille autour d'elle. Je ne blague pas. Le style soir-de-Noël-joyeux-tout-le-monde-autour-de-l'arbre-en-train-de-s'embrasser. C'était une adversaire du divorce. Et même de l'avortement.

— Mais enfin, elle avait poussé votre père à divorcer !

— Que voulez-vous, elle avait le droit d'être incohérente. Ce n'est pas moi qui lui lancerai la pierre, ni vous d'ailleurs. Et elle m'aimait beaucoup. Je crois. Elle voulait qu'un jour j'hérite de tout. Boussois n'a eu qu'à s'incliner. Il l'a fait sans se révolter.

— Moi, je crois qu'il est un meurtrier possible. Les affaires allaient mal, il voyait Viviane et votre frère accélérer la catastrophe. Son rêve de devenir le patron s'évanouissait. Alors couic.

— Couic ? Et pourquoi pas moi ? Ou mon frère, ou mon père ? Je vous aide, je vous oriente sur certaines pistes, je vous décourage d'en suivre d'autres. Je protège peut-être quelqu'un.

— Vous croyez être en train de me manipuler ? C'est trop mignon.

Il devint tout rouge.

— Parlez-moi plutôt de Simonnet.

— De la banque Hautecœur ?

— Oui.

— Connais pas.

— Il était en relation avec votre mère, m'a-t-on dit.

— Je n'ai pas rencontré tous ses amis. Mais je connais sa femme.

— Je le croyais divorcé.

— Oui, en théorie. Mais ils se voient toujours régulièrement. Il passe la moitié de ses nuits chez elle. Je ne vais donc pas dire que c'est sa concubine, ou sa maîtresse. A une époque, je fréquentais la section du XVIe arrondissement du Parti socialiste. Elle en est un pilier. Vous devriez m'y accompagner une fois, c'est très sympa, très chic, plein de banquiers, de gens bien.

— Que fait-elle ?

— Ah, là, je vous intéresse on dirait. Elle est attachée de presse, chez Rhône-Poulenc ou un truc comme ça. C'est vraiment une nana incroyable. Décolorée, super maquillée, des tenues insensées. Naïve, pas conne et marrante. Pas fatigante, quoi, et pas du tout BC-BG. Elle détonne un peu, mais c'est très agréable. Elle lui voue un culte.

— Et lui ne vient jamais ?

— Vous voulez rire. Il ne veut pas être catalogué comme un socialiste officiel. Il n'a jamais pris sa carte. Mais il sera ministre.

— Oui je sais. Il semble le mériter.

— À quoi reconnaît-on ses capacités ? À la dureté de ses arguments ?

— Vous tombez dans la vulgarité. Vous feriez mieux de partir.

Elle se retrouva seule et alluma machinalement une Camel. Elle tournait autour de son bureau, essayant de se concentrer, sans y arriver. Elle regardait par la fenêtre, écoutait les portes qui claquaient et les machines à écrire qui ne se taisaient jamais. Elle attendait un miracle. Elle appela Sureau, qui était dans la pièce contiguë.

— Vous avez reçu le dossier Simonnet ?

— La brigade financière n'avait rien, mais les RG sont nettement mieux fournis. Ils ne m'ont pas tout filé : ils sont très prudents avec les ministrables.

— Il est donc si proche du pouvoir ?

— Question de semaines d'après les derniers échos.

Le dossier était effectivement « soigné ». Il retraçait la carrière exemplaire d'un fils de la classe moyenne, sans fortune, ayant accumulé bourses et succès scolaires. Un provincial « monté » à Paris et sur le point de conquérir le pays. Même les goûts sexuels étaient normaux. Aucune excentricité n'était signalée. Un homme sans tache, classé sous la rubrique « sympathisant socialiste modéré ». Il avait un fils Jérémie, cinq ans, et avait divorcé de Marianne Lelong il y a trois ans.

Elle se rappelait lui avoir demandé pourquoi il était socialiste et comment il conciliait cela avec sa profession et son ambition. « Mais cela n'a rien à voir. Tout le monde est ambitieux. Je mène ma vie selon mes désirs, selon mes rêves. Je veux qu'elle soit brillante, je veux être heureux. Et je veux aussi le bien des autres. Je me reconnais mieux dans le discours de gauche que dans l'autre. J'appartiens à ce que la droite appelle méchamment la gauche caviar. Et alors ? Je n'en ai pas toujours fait partie et je me souviens de ma jeunesse. Je la préfère à la droite polyester. » Elle avait ri, et avait pensé qu'il avait raison. Rien ne permettait de penser que les insinuations du baron dépassaient le stade de la calomnie. Alors pourquoi faisait-elle tout pour les vérifier ? Parce qu'il n'était pas monté à son appartement ? Parce que la gauche l'avait de plus en plus déçue au fil des mois, et qu'il appartenait à ce groupe d'opportunistes qui l'avait complètement dévoyée à ses yeux ? Un affairiste rose, que rien ne distinguait des autres sur le fond ?

Mézières, le président de la Bourse, la détourna bientôt de ses pensées en l'invitant à un déjeuner. Elle accepta. Ils avaient rendez-vous au Mercure Galant, rue des Petits-Champs. Quand elle arriva, Mézières était déjà installé, aux côtés de Pinson.

— Ravi de vous revoir, madame l'inspectrice.

— Je ne vous savais pas de la partie.

— Je me suis invité.

— Je n'en crois pas un mot.

Mézières intervint pour calmer le jeu.

— Allons, allons, nous déjeunons entre amis, voilà tout.

Elle se contenta de commander une assiette de poissons crus, qui portait un nom très compliqué. Dépités, ils durent eux aussi se contenter d'un seul plat. Elle se sentait énervée, elle eut envie de les irriter aussi.

— Au fait, monsieur Pinson, je ne vous ai jamais demandé où vous étiez le fameux vendredi.

Il était complètement décontenancé.

— Moi ? Mais je ne sais plus. Laissez-moi réfléchir. J'avais des dossiers importants à préparer pour le ministre, qui voulait absolument trouver une mesure qui permette d'abaisser les taux d'intérêt. Je devais donc chercher une idée. Je suis allé déjeuner sur le pouce dans le quartier, et je suis rentré à mon bureau.

— La rue de Rivoli n'est pas loin de la Bourse. Il suffit de traverser les jardins du Palais-Royal.

— C'est exact.

— Donc, vous auriez eu le temps d'y faire un saut vous aussi, et d'étrangler vite fait une femme.

Mézières était consterné et se tortillait sur sa chaise, tandis que le haut fonctionnaire semblait proche de l'apoplexie.

— Vous êtes complètement folle.

Elle poursuivit, imperturbable.

— Mais oui, Viviane était votre maîtresse, et elle vous avait fait chanter : elle voulait que vous forciez une banque à renflouer sa charge.

Mézières poussa un hennissement contraint.

— Je vois que notre inspecteur a beaucoup d'humour.

— Je ne dois pas avoir le même, alors.

Pinson jeta sa serviette et fit mine de partir. Sophie sortit son plus séduisant sourire.

— Calmez-vous voyons, je voulais simplement vous montrer mes talents en matière d'interrogatoire.

— Ce genre de pratique ne doit pas vous mener bien loin.

— Détrompez-vous, j'ai quelques suspects intéressants dans ma besace.

— C'est bien ce que je disais. En fonçant bille en tête sur les gens, on peut en arriver à suspecter la terre entière.

— Je me contente du baron de Champsaur, de Michel Simonnet et de Michel Boussois.

Mézières se tassa encore plus, accablé sous les noms.

— Rien que ça ?

— Mais je n'y suis pour rien.

— Je sentais que votre seul et unique but était de conspirer contre l'ordre établi. Je l'aurais parié, n'est-ce pas Pinson ?

— Monsieur Mézières, c'est vous qui oubliez votre sens de l'humour.

— Mais pourquoi la famille ou les relations douteuses ne seraient-elles pas coupables ?

— Parce que je n'y crois pas. Puis-je vous rappeler que le crime a eu lieu en votre palais ?

— Mais que vient faire Simonnet là-dedans ?

Pinson semblait horriblement vexé. La pensée qu'un ancien de son administration, qu'un ministre des Finances en puissance, même s'il était de gauche, puisse se retrouver dans ce feuilleton, le révoltait.

— Monsieur Pinson, quand on m'a confié l'enquête, on m'a demandé de vous tenir au courant de mes progrès. Je le fais. On ne m'a pas demandé de vous expliquer mon cheminement intellectuel ou mes intuitions.

— Ah, le mot est lâché. Intuition ! Vous croyez à l'intuition féminine. Nous courons à la catastrophe.

— Je vous en prie, calmez-vous. Ce n'est pas mon intuition qui m'a révélé que les comptes de la charge Kervalec étaient aussi vermoulus que...

— Que quoi ?

— Je ne sais pas moi. Que votre palais Brogniart.

— Mais il se porte très bien, protestait faiblement Mézières.

Pinson avait sursauté.

— Mais je croyais que tout avait été arrangé.

— Je ne voulais pas vous inquiéter avec ces problèmes comptables, mais il semble que ça aille très mal.

— Mézières, comment osez-vous garder de tels secrets ?

— Oh, vous me fatiguez. Vous voulez la vérité ? Je n'en savais rien. Je croyais moi aussi que les comptes étaient assainis.

— Le trou dépasse les cent millions.

Elle flottait de bonheur. Elle les battait sur leur spécialité. Chaque fois qu'elle ouvrait la bouche, leurs épaules se courbaient un peu plus.

— Pourrions-nous au moins compter sur votre discrétion, concernant ce problème ? La réputation de la Place est en jeu.

— J'essaierai. Sauf, si c'est lié au crime.

— Certes, mais rien ne nous le prouve pour le moment. Son mari a peut-être simplement été victime d'une crise de jalousie. Ça arrive.

Pinson opinait aussi.

— Vous le connaissez bien mal.

— Je le connais mieux que vous, mademoiselle. J'ai pu apprécier les souffrances que lui infligeait cette sinistre créature au fil des ans. Elle l'a bien cherché.

— Consolez-vous, je crois que votre ami s'était parfaitement arrangé de la situation. Il a trouvé de nouveaux charmes ailleurs.

— Ah bon ! Auprès de qui ?

— Je ne peux vous le dire.

— Mais ne vous laissez pas abuser, ces douleurs-là sont parfois très cachées, profondément enfouies. Quand elles ressortent, c'est l'explosion, l'ouragan, que dis-je, le cyclone qui ravage tout.

— Jean-Louis n'a pas une tête de cyclone. Pas même de nuage. Votre ami se porte assurément très bien. Vous aimeriez vraiment qu'il soit coupable ?

— Mais qu'allez-vous imaginer ? Pas du tout.

C'est Mézières qui se chargea de l'addition. Elle attendit que les deux hommes se soient éloignés pour se diriger vers la rue Montmartre.

— Êtes-vous certain de n'avoir pas tué votre femme ?

Jean-Louis la regardait avec des yeux ronds, se demandant quelle mouche la piquait.

— Vous en êtes sûr ou pas ?

— Mais bien sûr que j'en suis sûr. Enfin, vous perdez la boule vous aussi, vous êtes atteinte par le virus Brongniart. Il est très insidieux, il finit par déranger tous ceux qui tournent autour de nous.

— Mon métier veut que je pose ce type de questions. Et puis, ça arrangerait tout le monde. Ce serait un crime classique, compréhensible et excusable. Vous feriez pleurer le jury. Vous seriez relâché sous les vivats de la foule. Et après, vous publieriez vos Mémoires. Chronique d'un mari trompé.

— Je ne vais quand même pas endosser un crime par plaisir. Restons sérieux.

— Très bien. Où étiez-vous cette nuit ?

— Chez ma maîtresse.

— Nom, prénom, âge, qualités.

— Mais non.

— Mais si.

— Anne-Laure Grimal, trente-deux ans, 12, rue Murillo.

— Parfait. Depuis combien de temps cette liaison dure-t-elle ?

— Deux ans, environ.

— Votre femme était au courant ?

— Officieusement.

— Vous allez l'épouser ?

— Je ne sais pas encore. Je ne crois pas.

— Vous êtes au bord du dépôt de bilan.

— Boussois ne m'a pas encore remis l'état des comptes.

— Vous êtes pourtant en faillite.

— Tant pis. Tant mieux.

— Ça ne vous frappe pas plus ?

— Mon Dieu, non. Je ne mourrai jamais de faim.

— Savez-vous que vous possédez 5 % de la banque Champsaur ?

— Non, vous me l'apprenez. Le service trading m'avait bien signalé que nous achetions beaucoup, mais je ne savais pas que c'était à ce point. Je comprends maintenant pourquoi le vieux tient tant à me rencontrer.

— Que comptez-vous faire ?

— Vendre au mieux bien sûr. Avec un tel trésor en caisse, on peut même se renflouer.

— Et Fratelli ?

— Ah, le cas Fratelli... J'en ai entendu parler. Qu'y puis-je ? Mon fils est allé le voir ce matin. On va peut-être aboutir à un compromis.

— Savez-vous d'où proviennent les fonds que vous avez perdus ?

— Non, et je n'ai aucune raison de l'apprendre maintenant qu'elle a disparu. Je dois vous donner une vision surprenante de la Bourse, n'est-ce pas ? Rassurez-vous, je suis une exception. Folklorique, exotique. Les autres sont de vrais pros. Enfin, c'est ce qu'ils prétendent. Moi, ça ne m'intéresse plus. Alors, comme aurait dit un de mes camarades de classe, je laisse pisser. C'est une expression charmante, vous ne trouvez pas ?

— Excusez-moi de vous poser la question aussi abruptement, mais pensez-vous qu'un de vos fils soit coupable ?

— Aymeric, sûrement pas. Charles, je le connais mal, mais je ne crois pas. Matériellement, il ne pouvait pas. Il n'a pas bougé de notre box du marché au comptant, qui se trouve au troisième étage. Et nous sommes repartis ensemble.

Elle prit congé, et demanda à voir Charles. Mais il n'était toujours pas rentré. On ne l'avait pas vu de la journée. « Sans doute le choc », murmura une vieille secrétaire.

Chacun pour soi

MESSIEURS l'heure est très grave. Cette ordure de Simonnet est soutenue par toute la juiverie.

— Monsieur le baron ! Cette fois-ci, c'est trop. Ne comptez plus sur mon soutien.

Le conseil d'administration, réuni une fois de plus en hâte en cette douce matinée, grommelait sec. Ses membres éminents en avaient assez de se faire insulter et traîner dans la boue.

— Sarfati, rasseyez-vous immédiatement. Je ne portais pas un jugement de valeur mais je faisais une simple constatation. Lazard veut ma peau.

— Pas étonnant.

— Qui a dit ça ?

Toute la table courba les épaules.

— L'Espagnol était un traître, mais nous pouvons compter sur 45 % du capital. Nos ennemis doivent en avoir à peu près autant. Le premier qui franchit la barre des 50 % gagne. Quelqu'un sait-il ici où l'on peut trouver des titres de ma société ? Quel qu'en soit le prix.

Pas de réponse.

— C'est bien ce que je pensais. Bon, donc voici le plan auquel j'ai travaillé. Comme vous l'avez lu dans la presse, nous allons vendre les supermarchés Dinosaure. Cela nous rapportera 4 milliards de francs. Avec cette somme, nous arriverons peut-être à débaucher un actionnaire du camp d'en face. Beanfield a toujours été sensible à l'odeur des milliards. Et mon ami Silvano Berlus, qui m'achète ces magasins, m'a donné son accord pour participer à notre augmentation de capital défensive.

— Mais il est trop tard pour augmenter le capital : il faut l'accord d'une assemblée générale d'actionnaires.

— Je sais bien. On va en convoquer une, et on verra si on y arrive.

— La vente des supermarchés est aussi illégale, sans l'accord des actionnaires.

— Taisez-vous abruti. Mes avocats planchent sur ça depuis trois jours. La distribution n'est pas une activité prévue dans nos statuts, elle n'est donc pas un de nos axes majeurs et stratégiques de développement. Donc, pour vendre, il suffit que le conseil d'administration donne son aval.

Tout le monde se regarda d'un air étonné et tremblant : ils allaient devoir prendre une décision.

— Vous n'aurez pas ma voix.

Le représentant des Assurances françaises se leva.

— Je suis ici pour représenter une société publique, je me dois donc d'avoir une attitude exemplaire. Je ne peux approuver une telle transaction. Les supermarchés valent bien plus de 4 milliards. Vous lésez nos intérêts.

— Comment, vous vous mutinez !

— Vous nous avez fait avaler bien des pilules, mais là j'arrête.

Trois ou quatre voix dans l'assistance manifestèrent leur approbation.

— Bien passons au vote. Il me semble évident que les lâches seront tous démis de leurs fonctions et ne toucheront plus leurs jetons de présence, ni les divers petits cadeaux auxquels ils avaient droit.

Le plan de sauvetage fut approuvé par deux voix de majorité.

Cinq administrateurs avaient tenté de résister.

— Vous n'êtes que des rats, leur lança-t-il.

— Un des rats préfère signaler tout de suite qu'il se ralliera à vos ennemis lors de la prochaine assemblée générale.

L'administrateur des Assurances françaises, remonté comme un zébulon, poursuivait sa fronde.

— Salaud, je m'en doutais. Je savais que je ne pourrais jamais compter sur un salopard de nationalisé en période de grain.

— Ces ordres m'ont été donnés par mon ministre. Je suis bien obligé de les suivre. J'avoue que je suis d'accord pour une fois avec sa décision. C'est avec plaisir que je vous regarderai plonger.

— Combien détenez-vous ?

— Aux environs de 4 %. Vous voyez, je vous laisse encore une petite chance de l'emporter. Une toute petite chance. Au revoir, messieurs. Contrairement à ce qu'a indiqué M. le baron il y a cinq minutes, je pense que je serai un des rares ici à rester membre de ce conseil d'administration.

— Vous jouez avec votre vie.

— Allons, nous ne sommes plus en Afrique. On ne tue pas ses ennemis impunément ici, Dieu merci, même avec un gouvernement de gauche.

— Je n'ai plus rien à perdre.

— Dans ce cas-là, tuez le ministre et ses conseillers. Ce sont eux qui me donnent mes ordres. Je ne suis qu'un exécutant. Si je disparais, un autre me remplacera, porteur des mêmes devoirs. C'est la grandeur du secteur public : les hommes y ont moins d'importance que la continuité de l'État. Nous pouvons faire des conneries, elles s'effacent à la longue. Vous vous rappelez Colbert qui faisait planter des forêts pour que la marine des siècles à venir puisse disposer de bois de qualité pour construire sa flotte ? Cette vision des choses me convient parfaitement. Vous, vous allez disparaître, moi je vais assurer la continuité.

Et il sortit pour se rendre à la banque Hautecœur.

— Mon cher Michel, je crois que vous avez gagné la partie. Le vieux est aux abois, mais il compte vendre ses supermarchés cet après-midi.

— Eh bien nous allons réclamer tout de suite un jugement en référé au tribunal de commerce pour faire respecter nos intérêts d'actionnaires minoritaires. La transaction sera suspendue. On gagnera au moins une dizaine de jours.

— Alors, c'est dans la poche ! Ou plutôt, in the pocket, comme dirait votre ami François Dalle.

— Non, pas encore.

— Comment ? Mais vous avez pratiquement la majorité.

— Oui presque. Mais il me manque encore 2 à 3 %. Et je sais où les trouver.

— Alors où est le problème ?

Simonnet eut l'air tout à coup totalement désemparé.

— C'est quand ils sont blessés que les fauves sont le plus dangereux. C'est un cliché, mais c'est vrai. Il peut faire encore des dégâts. De gros dégâts.

L'assureur sortit décontenancé, se demandant s'il n'avait pas fait une grosse erreur en se montrant si dur envers Champsaur. Il se croyait couvert, assuré de la victoire avec son nouvel allié. « Ne jamais dire ce qu'on pense. Jamais. Je le savais pourtant. Quel foutu bizness. Maintenant, je ne vais pas fermer l'œil de la nuit. » Il imaginait déjà

Champsaur triomphant, mettant au point une vengeance ignoble.

— Allô, Michel ? Dis donc, j'espère que tu es prêt. Rocard a décidé de hâter le réaménagement ministériel. Il pourrait l'anoncer la semaine prochaine. Tu es toujours d'accord pour le ministère du Budget ?

— Faute de mieux, plaisanta Michel Simonnet, content que son interlocuteur du ministère l'appelle.

— Fabius a commencé comme ça.

— Oui, mais tu as vu où il en est.

— Ça, coco, tu sauras la fin dans vingt ans.

— Sureau, vous avez des nouvelles de Charles de Kervalec ? La filature a appelé ?

— Oui, il vient d'être relevé. Il tape son rapport. Il est allé avec Fratelli au Crillon ce matin, en est sorti vers 4 heures, seul et paraît-il en piteux état. Il s'est ensuite posté sur le pont des Arts, d'où il n'avait pas bougé aux dernières nouvelles.

— J'espère qu'on ne va pas se retrouver avec un suicidé sur le dos. Je vais le retrouver. Vous m'accompagnez ? On y va en moto.

Le pont des Arts n'était pas loin, la circulation ne les gêna pas. Cinq minutes plus tard, ils aperçurent un homme solitaire dont l'imperméable était ouvert et flottait mollement dans le vent. Il s'était accoudé à la balustrade et fixait l'eau vert sale de la Seine sous le ciel grisaillant. On aurait dit le passager d'un cargo interlope partant en exil.

Tout à ses pensées, Sophie lui lança :

— Vous partez refaire votre vie sous des cieux plus cléments ?

Charles la regarda interloqué, ne comprenant pas très bien la signification du message.

— Madame l'inspectrice ! Que faites-vous ici ? Pourquoi voulez-vous me voir partir ?

— Excusez-moi. Vous ressembliez à un passager à la dérive.

— Oh, je n'en suis pas loin, c'est vrai.

— La discussion avec Fratelli a été difficile ?

— La discus... Mais comment savez-vous que... ? Oui, je suis parfois lourd. Vous me faites suivre ? Ça explique votre présence. Eh bien, ce fut compliqué, oui. Ils m'ont donné quarante-huit heures pour tout rembourser. Sans ça, les pieds dans le béton, et au fond de la Seine. Je croyais qu'on ne faisait ça qu'à New York.

— Méchant le petit Fratelli, intervint Sureau.

— Oh non, lui j'y suis habitué. Mais autant tout vous dire, ce matin la rencontre se déroulait avec ses chefs. Je leur ai fait un cours sur les mystères du Matif, je leur ai expliqué ses dangers, je leur ai raconté l'escroquerie dont nous avons été victimes nous aussi. Ils n'ont rien voulu comprendre. Je ne sais plus quoi faire. Il va falloir que j'explique tout à mon père.

— Allons, il ne va pas vous manger.

— Non, il se contentera de me regarder en me méprisant.

— Mais non, mais non.

Sophie était navrée, ne sachant que dire. Sureau s'était retourné, ayant du mal à ne pas éclater de rire.

— Vous savez ce qu'on va faire ? On va tous vous placer en surveillance rapprochée. Pendant quatre jours, vous tâcherez de bouger le moins possible. Ils comprendront qu'on vous protège. Ils ne prennent pas de risques inutiles en général.

— Et s'ils décidaient d'en prendre pour une fois ?

— Ouh ! Mais qu'allez-vous imaginer ? Vous avez décidé de tout voir en noir. Prenez la vie du bon côté.

Il la bombarda du regard.

— Vous trouvez qu'il y a de quoi en ce moment ?

C'est alors que Sureau éclata de rire, n'en pouvant plus de se contenir, entraînant Sophie avec lui.

— Vous voyez, même vous qui ne me connaissez pas, vous me prenez pour un con.

— Vous croyez qu'il faisait exprès ?

— Oui, un petit peu. Sinon, il ne serait pas resté suspendu pendant deux heures sur son pont. Enfin, ça m'a requinqué toutes ces aventures. J'ai même eu une idée sur votre moto.

— Big deal ! Vous me demandez en mariage ?

— Non, Sureau, il vous faudra d'abord monter dans la hiérarchie. Je n'épouserai jamais mon adjoint.

— Ce que vous êtes sexiste !

— Bien sûr. Bon, je vous expose mon idée : je vais aller trouver Pinson, et on va feuilleter les dossiers que traitait Simonnet au Trésor. C'est le seul moyen de savoir si Champsaur a menti.

— Mais pourquoi vous accrochez-vous ainsi à ses paroles ? Vous savez qu'il est prêt à tout.

Oui, elle savait. Mais dans le ton du financier, quelque chose l'avait alors frappée. Un je ne sais quoi d'authentique dans son ironie, qui l'obligeait à explorer cette piste.

Pinson ne fut pas vraiment ravi de la voir. Il le fut encore moins quand elle lui expliqua le but de sa visite.

— Tout le monde vous dit que c'est idiot. Nous sommes

des hauts fonctionnaires. Nous servons l'État. Vous ne trouverez pas de brebis galeuse parmi nous.

Plus il résistait, plus elle avait envie de savoir. Pour lui laisser mettre son nez dans des archives officielles, il fallut recourir à l'arbitrage du directeur du Trésor. Il donna son feu vert.

— Que faisait-il ici ?

— Au début de sa carrière, il était chargé du contrôle des changes. Cela consistait à étudier les dossiers des entreprises qui souhaitaient investir à l'étranger, vérifier qu'elles ne cachaient pas d'entourloupettes, style transfert de fonds aux Bahamas, enfin tout ça. Le boulot chiant de base, quoi. Ensuite, il est passé à l'international. Il s'occupait des problèmes de dettes du tiers monde, des relations entre les pays pauvres, le Fonds monétaire international et nos pauvres banques. Ça, c'est plutôt sympa et valorisant. Vous appelez les chefs d'État africains, vous leur expliquez qu'ils ont trop de dettes, qu'ils doivent se mettre au régime. Ils vous répliquent qu'ils ne peuvent pas, qu'ils crèvent déjà de faim, mais qu'ils sont prêts à serrer la ceinture du pays si leurs intérêts à eux ne risquent rien. Après vous appelez la BNP ou le Lyonnais, vous leur demandez de faire un geste, parce que le pays a promis d'être sage. Comme ce sont les banques qui se sont foutues elles-mêmes dans la merde en prêtant n'importe quoi à n'importe qui, et que, sans une bonne volonté générale, l'Afrique crève un peu plus et peut faire des petits dégâts dans le système bancaire international, on arrive toujours à un accord. Si vous voulez mon avis, ce n'est pas dans ces dossiers-là que vous trouverez quoi que ce soit contre Simonnet. On est toujours surveillés par le directeur du Trésor, les organismes internationaux, et tout. Après, il s'est occupé de l'indemnisation des nationalisations. Il n'était pas encore assez haut dans la hiérarchie pour disposer d'une grande latitude. Tout notre boulot est toujours vu et revu par nos supérieurs, et quand c'est important, il faut la signature du ministre. Donc s'il a fait une bêtise, elle est couverte par d'autres.

— On ne peut pas aller regarder les archives ?

— Si, on peut. Mais il est 19 heures passées et j'ai encore une note à rédiger pour mon directeur. Si vous y tenez vraiment, vous arrivez demain vers 8 heures, je vous colle dans un coin avec un petit inspecteur des finances et vous fouillez. Mais vous en aurez pour des jours et des jours.

Tant pis. Elle n'avait pas d'autre idée pour le moment, donc elle s'y mettrait. Après être rentrée, elle appela Sureau pour lui signaler qu'il ne la verrait pas le lendemain.

À 8 heures, elle était dans le bureau de Pinson, rue de Rivoli, jetant un coup d'œil matinal sur la pyramide du Louvre. Comme promis, il lui confia un jeune énarque. À 9 heures du soir, elle avait un mal de tête épouvantable, et pensait avoir perdu son temps, ce qui la déprimait complètement.

Sur son répondeur, André lui proposait deux jours d'embruns ou de verdure, au choix pour le prochain week-end. Elle ne le rappela pas. Sureau voulait la joindre d'urgence, mais elle tomba sur son répondeur à lui. Elle alluma la télé : c'était le soir de l'émission de Michel Polac.

Une sonnerie la fit sursauter à 6 h 30.

— C'est Sureau.

— Vous êtes un monstre. Vous ne pouviez pas attendre une heure chrétienne ?

— Oh ça va, vous savez combien d'heures j'ai dormi cette nuit ? Vous vous en foutez bien sûr.

Il hurlait, elle s'énerva à son tour.

— J'en ai rien à foutre de vos histoires de cul.

Il raccrocha aussi sec. Il rappela deux minutes plus tard.

— Vous êtes mieux lunée ?

— Allez-y. Que se passe-t-il ?

— On a trouvé le corps de Fratelli.

— Oh merde ! Quand ?

— Hier soir. Je ne vous ai trouvée nulle part pour vous prévenir. Deux balles de magnum dans le foie. Il restait pas grand-chose. Ils l'ont balancé dans le bois de Vincennes. On a cherché des indices. Chou blanc.

— Allez voir au Crillon avec qui il était hier. Ou avant-hier ? Avant-hier, plutôt. Et puis on refilera son dossier à Nice. Tiens, vous savez ce qu'on va faire ? On va se retrouver au Crillon. On en profitera pour bruncher. Vous avez déjà brunché dans un palace ?

— Pas tellement mon style.

— Eh bien moi non plus. On va essayer.

— Je peux passer vous prendre. J'ai une moto de service.

— Vous êtes un ange.

— Et vous une peau de vache. Il y a cinq minutes, vous m'auriez envoyé à Cayenne.

Une demi-heure plus tard, elle était sur sa moto et ils fonçaient place de la Concorde dans un Paris désert. Le concierge fit grise mine quand ils lui présentèrent leurs cartes et le motif de leur visite. Il réveilla le directeur, qui tâcha, lui, de se montrer aimable. Ils firent une enquête parmi le personnel, et une femme de chambre qui était de service ce jour-là se souvint de la suite où s'étaient rendus Fratelli et Kervalec.

— Messieurs Martini. Deux excellents clients de notre maison, depuis toujours. Nous n'avons jamais eu aucun problème avec eux. Ils viennent le mardi et le mercredi, tous les quinze jours. Ils repartent à Nice par le dernier avion. Ils reçoivent des visites dans le calme. Une seule chose nous a étonné cette semaine : ils sont repartis dès hier matin. Un taxi les a amené à Orly vers 10 heures.

Le décès de Fratelli remontait selon le médecin légiste à 16 heures. Les Martini ne pourraient donc être inquiétés. Sophie se rappelait d'eux. Elle les avait vus lorsqu'elle était à Nice. Les deux policiers remercièrent le directeur et demandèrent alors s'il était possible de prendre un brunch à l'hôtel. Le directeur les amena à la salle à manger, qui donne sur la place de la Concorde.

— Vous êtes mes invités.

Ils firent mine de refuser, puis acceptèrent. La salle était presque pleine malgré l'heure matinale, les nappes étaient lourdes et blanches, les couverts en argent et au milieu de la salle, un immense buffet leur proposait tous les petits déjeuners en usage dans le monde occidental : omelettes, bacon, saucisses, fromages, poissons crus, fruits, pâtisseries. Ils goûtèrent à tout en petite quantité, avant de retourner au Quai. Ils étaient un peu honteux de s'être ainsi laissés aller. Mais une aussi petite corruption ne pouvait avoir de conséquences sur leur travail. Leur conscience se calma donc rapidement. Ils étaient même soulagés qu'elle se soit manifestée, qu'elle existât encore.

A l'autre bout de la salle, un couple étrange lisait les journaux du matin devant une tasse de café.

— Je ne comprends vraiment pas ce qu'ils font.

La voix était très grave, presque sourde. Jean-Charles Naouri, ancien directeur de cabinet de Pierre Bérégovoy, désormais associé-gérant de la banque Rothschild, fronçait ses sourcils épais et bruns en lisant *Libération*. En face de lui, Jean Peyrelevade, ancien conseiller de Mauroy, et P-DG de l'UAP, avait l'air tout aussi effondré. Il portait un de ses célèbres pulls fait main et ses lunettes type Sécu, qui lui donnaient un air d'incorrigible instituteur ardéchois parmi la meute des financiers en costume de flanelle croisé.

— Moi non plus. C'est simple, j'essaie de ne plus voir Bérégovoy. Il ne peut s'empêcher de me demander d'acheter des actions de sociétés privatisées. Je m'y refuse. Il a aussi fait le coup à René Thomas et Michel Albert aux AGF. Heureusement qu'il y a Rocard, pour nous protéger. Finalement, il n'est pas si mal.

— Chaque jour qui passe, je me réjouis un peu plus de ma décision.

— Laquelle ?

— Avoir refusé de prendre des sociétés publiques dans mon fonds d'investissement Euris. C'est ça la connerie de Pébereau : s'il avait fait son raid sur la Générale sans l'argent de la Caisse des Dépôts, tout le monde aurait crié bravo. Vive le grand capitaliste. Moi, on ne peut me reprocher aucune manipulation avec les privatisées. Pourtant, j'ai lu dans un article que j'avais servi d'intermédiaire pour le dénoyautage des privatisées. Le journaliste ne m'avait même pas appelé. Quel culot !

— Oui, je l'ai entendu dire.

— Mais c'est faux !

Il s'étranglait de fureur.

— Je ne sais pas qui colporte ces bruits. Deux de mes actionnaires m'ont menacé de retirer leurs fonds si je continuais. Mais je n'ai rien fait.

— Fais comme moi. Joue franc jeu. On sait que je suis de gauche et inflexible, que je veux reprendre les privatisations et que j'envoie ballader Béré quand il déconne.

— Mais je l'aime bien. A nous deux, on a quand même transformé complètement la Bourse. C'est nous qui l'avons modernisée. C'est grâce à nous qu'ils vivront encore dans vingt ans.

— Ah, voilà Bernheim.

Ils se levèrent pour saluer Antoine Bernheim, grand

manitou parisien de la plus célèbre des banques d'affaires, Lazard Frères. Enfagoté dans un loden vert, il donnait l'air de ne s'être pas couché. La petite bande au complet attaqua son petit déjeuner. Au menu, une OPA qu'ils voulaient mener ensemble sur une compagnie d'assurances anglaise.

Sophie et Sureau à quelques tables de là se demandaient pourquoi ces gens arboraient des mines de conspirateurs.

— Et maintenant, que fait-on ?

— On appelle Nice.

Au commissariat central de Nice, on leur expliqua que la position des Martini en faisait des gens très prudents, qu'il était impossible de les pincer, mais qu'on irait leur demander quelques explications, en souvenir du passage de Sophie dans cette douce ville. On rappellerait le lendemain matin, mais il ne fallait pas se faire d'illusions : ils devaient avoir un alibi exact et vérifiable, et pourraient facilement expliquer pourquoi ils avaient vu Fratelli et l'agent de change. Ils feraient le maximum. D'ailleurs c'était l'inspecteur Mir, ah ! elle était bien bonne, qui allait s'en occuper.

— Bon, dossier classé ?

Ils échangèrent un clin d'œil.

— Je suppose.

— C'est mieux. Je n'avais aucune envie de replonger dans le milieu niçois. Les Martini ne sont même pas les pires de la bande.

— Alors, je peux rentrer chez moi ?

— Oui, allez vous reposer. Je vous appellerai s'il y a du neuf.

Il n'y eut rien de neuf. Elle prit tout de même la précaution de faire renforcer la sécurité autour des Kervalec. Elle était sûre qu'ils ne risquaient plus rien maintenant, la colère des Martini étant apaisée, mais on ne savait jamais.

Elle ne fit plus grand-chose ce jour-là. Un peu avant de partir, vers 18 heures, elle appela trois ou quatre amis, leur proposant une toile. Ils étaient déjà pris ou absents. Elle finit par joindre André, et ils se donnèrent rendez-vous place de l'Odéon.

— Le film est à 20 heures. On a le temps d'aller prendre un pot. Tu connais le Twickenham ? Cet endroit va t'amuser : il est rempli d'écrivains. Ils nous changeront des boursiers.

Le bar était rue des Saints-Pères. Ils s'installèrent à la seule table qui était libre.

— Tiens, tu as vu dans le coin ? Alain Minc et Bernard-Henri Lévy. Moi qui voulais me passer de financiers ce soir !

Minc adressa un sourire crispé à André, qui se leva pour lui serrer la main.

— Tu le connais ?

— Oui, un peu.

— Et BHL ?

— Dieu merci, non.

— Jaloux ! Il n'est pas si mal, ni si bête que ça. J'avais bien aimé son *Idéologie française*. Que fait-il avec Minc ?

— Ils doivent ragoter. Ils sont très amis. Je vais t'expliquer. Minc est entré dans le capital d'Yves Saint-Laurent *via* Cerus. Le P-DG de Saint-Laurent, Pierre Bergé, est un des grands copains de BHL et finance son canard insupportable, *Globe*. Du coup, Minc a laissé tomber son éditeur traditionnel, Le Seuil, pour aller se faire éditer chez Grasset, où travaille BHL. Depuis, *Globe* fait des articles enthousiastes sur les livres de Minc. Et le bruit court que BHL est entré au conseil d'administration de YSL. L'échange de bons procédés classique quoi ! Tous comptes faits, je me demande parfois si la finance n'est pas un métier moins hypocrite que l'édition. Tu trouves vraiment que BHL est bien physiquement ? C'est vraiment un play-boy de Prisunic.

— Oh ! il a son charme. Tais-toi, je crois qu'il me regarde.

Elle devint toute rouge. André régla l'addition et la tira violemment dans la rue, très en colère.

Photos intimes

— QU'AVEZ-VOUS fait hier ?

— Rien de spécial.

Sophie et Sureau buvaient tranquillement leur café en lisant leur quotidien. Un prérapport était arrivé de Nice. Les Martini étaient bien revenus sur la Côte en début d'après-midi. Ils étaient tristes de la fin de leur ami Fratelli, presque leur fils. Qu'avait-il pu faire pour mériter un tel châtiment ? La vie est décidément bien cruelle. Les loups règnent. Ils espéraient que la police boucleraít rapidement l'odieux criminel.

Le dernier jour de la semaine s'annonçait morne.

— Je ne sais pas quoi faire.

Sureau leva les yeux et les rabaissa tout aussitôt. Ce n'est pas de lui qu'arriverait l'inspiration divine.

— Et si on organisait une confrontation ?

— On essaiera d'en faire une la semaine prochaine. Mais je ne crois pas trop à l'efficacité de ces happenings. Tout le monde s'énerve, et on en sort encore plus embrouillé qu'au départ.

Pour déprimer un peu plus l'inspectrice, la banque Vernes appela bientôt : à son regret, aucune de ses agences ne comptait Viviane de Kervalec parmi sa clientèle. Ils avaient aussi cherché sous son nom de jeune fille, sans succès. Le fabricant de coffres serait peut-être plus utile. Sophie entra donc en contact avec le distributeur, Zénith Securities. Le verdict fut formel. Les caractéristiques de la clé ne correspondaient en France qu'à l'équipement de la banque Vernes. Ce modèle de coffre étant obsolète, on ne le trouvait sans doute plus à l'étranger. C'était en France ou nulle part.

Sophie repartit à l'assaut du P-DG de la banque.

— On ne va pas ouvrir tous nos coffres pour vous faire plaisir. Elle n'est pas sur nos listings. À moins que...

À moins que... La banque avait subi une restructuration et cédé une partie de ses agences de province voilà quelques années. Le coffre de Viviane faisait peut-être partie de ces agences. Vers 17 heures, ils apprirent de la banque privée du Sud-Ouest, à Toulouse, que le mystère était résolu. Le soir même, Sophie sautait dans un train pour la gare Matabiau. Elle avait de la chance : la banque du Sud-Ouest était ouverte le samedi. Même en couchette de première, elle avait du mal à dormir. Elle se demandait ce que Viviane trafiquait à Toulouse. Son mari ignorait tout de ces activités. « Elle a peut-être choisi cette ville parce que nous avions un appartement à Biarritz dans le temps. Ce n'est pas très loin ? » Elle était excitée comme une puce à la pensée d'ouvrir le coffre.

Il n'était pas encore 7 heures quand elle débarqua. Elle se fit conduire place Wilson, dans le centre. La banque était juste à côté. En attendant l'ouverture, elle prit un café et des croissants. *Libération* n'était pas encore arrivé, elle feuilleta donc *La Dépêche du Midi,* qui lui donnait un soupçon de dépaysement. La lecture fut courte. Elle alla faire une visite de courtoisie au commissariat central, qui n'avait jamais entendu parler de Viviane. À 9 heures, elle était devant la banque.

Toute l'agence attendait sa visite. Les guichetiers conversaient entre eux à voix basse. Le directeur l'amena à la salle des coffres. Ils passèrent d'abord à son bureau. Il portait beau, malgré sa cinquantaine bien entamée : elle le complimenta sur son bronzage.

— On est à mi-chemin de la mer et de l'océan, pas loin des Pyrénées. C'est bien ici. Vous devriez vous faire muter dans le Sud. C'est rare les jeunes femmes dans la police, non ? Remarquez, c'est bien. Surtout quand elles sont mignonnes.

Elle répondait à son monologue par des sourires hypocrites d'encouragement.

— Je suis ici depuis une quinzaine d'années. J'étais chef de caisse quand on appartenait à la banque Vernes. J'ai progressé par concours interne. Et je suis devenu directeur quand la banque privée nous a repris. L'ancien était parti. Je connais tous les clients. Enfin, tous les bons clients. Mais ici, on a toujours été exigeant sur la clientèle. On ne prend que les gants blancs. Je connaissais très bien votre Mme de Kervalec. Ça m'a fait un choc sa mort. C'est même moi qui l'ai reçue la première fois. Une très belle femme. Et pas bête. Elle avait une maison de campagne ici, alors elle avait besoin d'un compte et d'un coffre.

— Une maison de campagne, vous êtes sûr ?

— C'est ce qu'elle m'avait expliqué. Mais elle ne m'a jamais invité, hein ? Je l'avais noté sur mes fiches. J'ai des fiches sur toute ma clientèle, comme vous. C'est important dans ma branche. On doit leur donner l'impression qu'ils sont uniques, de bien les connaître. Elle avait immédiatement porté un paquet dans son coffre. Et on ne l'a plus revue pendant six mois. Après, c'était plus variable. Mais là, elle est venue trois fois en deux mois.

— Toujours pour son coffre ?

— Toujours oui.

— Elle utilisait son compte ?

— Ah, ça c'est très personnel, comme question. Il y a le secret bancaire. Mais, zou, je vais quand même le dire. Au départ, il y avait pas grand-chose. Mais au début des années quatre-vingt, là, il y a eu de gros transferts. Plusieurs millions de francs. Et depuis deux ans, c'était à nouveau le point mort.

Avant de se rendre à la salle, il demanda à voir les papiers l'autorisant à cambrioler légalement le coffre.

— On ne sait jamais, si vous me faisiez marcher !

Ils descendirent les escaliers, franchirent deux grilles. Le banquier l'amena devant un des plus gros coffres de la salle et introduisit la clé.

— À vous, maintenant.

Il ne bougeait plus.

— Je préfère être seule s'il vous plaît.

— Mais bien sûr. J'aurais bien aimé savoir ce qu'elle cachait chez moi depuis le temps. Quand j'ai dit à ma femme que le mobile du meurtre se trouvait dans mes sous-sols, elle a poussé des hurlements. Elle m'a fait : « Boudiou, tu pouvais y passer toi aussi. » Elle exagère toujours un peu.

Il reprit son sérieux.

— Je risquais vraiment quelque chose ?

— Mais non. Il est peut-être vide.

— Ah ça, non. La dernière fois, c'est moi qui me suis occupé d'elle, histoire de faire un brin de causette. Et j'ai bien vu qu'il n'était pas vide. Bon, je serai derrière la grille.

Elle attendit qu'il soit sorti pour tourner la poignée. La porte était lourde. Elle la tirait vers elle doucement, sans hâte, et les yeux fermés.

En ouvrant les paupières, elle ne vit d'abord qu'un immense espace vide. Son estomac s'effondra. Puis elle abaissa son regard et aperçut alors un paquet de photos, entouré par un plastique transparent trop grand, retenu par une ficelle. Viviane avait fait une jolie ganse. Sous les photos, une planche de négatifs. Rien d'autre. Elle prit les photos, qui étaient en noir et blanc, et les négatifs. Dessous, elle découvrit trois feuilles à l'en-tête d'une banque suisse. Elles étaient datées de 1982 et décrivaient des achats massifs de deutsche marks. Il y en avait pour 300 millions de francs. Une des feuilles, datée deux jours après les premières, indiquait que les marks avaient été revendus contre des francs. Que faisaient là ces papiers ? Elle n'y attacha pas une grande importance, estimant qu'il devait s'agir de transferts de fonds clandestins vers l'étranger. À l'époque de la gauche encore socialiste, c'était le sport à la mode des gens fortunés, les Kervalec n'avaient pas fait exception.

Elle défit alors avec émotion la ficelle nouée par Viviane et examina les clichés. Il y en avait une cinquantaine, tous pris dans le même cadre, sans doute le pavillon de chasse. Viviane apparaissait souvent. Les photos se ressemblaient toutes : des hommes nus et des femmes en tenues qui se prétendent érotiques. Au total, elle était déçue. Une nuit presque blanche pour rien. Elle voulut examiner les négatifs, mais la lumière était trop faible.

Elle appela Pujol, le directeur, qui s'empressa de lui faire passer une torche. Ce qu'elle vit ne l'étonna pas. À nouveau des scènes pornographiques. Les mêmes que sur les photos. Mais un des hommes qu'elle découvrit alors ressemblait étrangement à Simonnet. Il souriait à la caméra. Sa tête était appuyée contre la poitrine d'une femme blonde, totalement nue, tandis qu'une autre femme tout aussi blonde, mais revêtue d'une combinaison qui ressemblait à une peau de panthère, était allongée sur ses jambes.

Bon, ça ne prouvait rien du tout. On ne tue pas pour une photo de ce genre. Qui cela peut-il gêner ? Personne ne fait attention à la vie privée d'un banquier, même s'il devient ministre, Dieu merci.

Elle sortit de la banque complètement désemparée. Elle

rentra par le premier avion. Deux heures plus tard, elle était dans son bureau, exigeant le développement des négatifs de toute urgence. Elle voulut convoquer Simonnet, mais il était introuvable. Elle pensa alors à André. Et se rappela qu'elle n'avait jamais répondu à sa proposition de week-end. Il devait donc se morfondre chez lui, se demandant où elle était passée.

— Eh bien, cette photo, où est-elle ?
— Là.
— Dis donc, il ne s'embêtait pas le père Michel. Ça a quelques années, dis-moi.
— 1980, 1981 environ.
— Ça ne m'étonne pas de lui. Il ne parle jamais de sexe, il est très réservé, très puritain, mais quand il croise une petite blonde pulpeuse au cul moulé dans la rue, je vois bien qu'il s'affole. Mais impossible de le vanner là-dessus. Il se vexe, il se ferme comme une outre.
— Une huître.
— Quoi ?
— Il se ferme comme une huître. Pas une outre.
— C'était un trait d'esprit.
— Excuse-moi.
— Bon, qu'est-ce qui te chiffonne là-dedans ? Tu ne crois pas que c'est lui qui l'as tuée pour un cliché salace ? On l'a tous fait volontiers.
— Il y a un truc qui cloche. Toutes les photos des négatifs avaient été tirées. Sauf deux : une complètement ratée, et celle de Michel.
— Et alors ?
— Viviane s'était rendue à Toulouse il y a peu, pour prendre quelque chose dans son coffre.
— Tu crois que c'est la photo ?
— Quoi d'autre ? C'est la seule qui manque dans le lot.

Je ne comprends pas sinon. Et j'ai trouvé ça aussi. Ces bordereaux.

Il les examina soigneusement, puis éclata de rire.

— Eh bien, elle spéculait sec ta copine. Et elle s'est pas gourrée. Plif, je t'achète 100 millions de marks le vendredi, plaf on te dévalue le franc pendant le week-end, plof, je te revends mes marks le lundi matin, et je t'encaisse la différence.

Sophie regarda à son tour les feuilles.

— Tu te rappelles le jour exact de la dévaluation ?

— Pour sûr. On avait prévu de se casser une semaine à Moscou avec Michel. On devait partir le samedi matin. Pour avoir les visas, on avait vraiment eu du mal. On s'y était pris trois mois à l'avance. Ils sont arrivés le mercredi précédant le départ. Le jeudi soir, ce con-là m'appelle : il ne pouvait plus partir. Il était réquisitionné jusqu'au lundi pour préparer le réaménagement du SME. Une dévaluation surprise. Du coup, impossible de bouger. J'étais en pétard. Le lundi matin, j'ai claironné partout que j'étais au courant. Mais personne ne m'a cru, parce que je n'avais pas spéculé.

— Alors, elle le savait comment, Viviane ?

— Tout le monde se doutait qu'une dévaluation allait se produire. Tu avais des tas de spéculateurs qui prenaient des positions avant chaque week-end. Et ça se chiffrait en dizaines de milliards. Elle a eu du bol, voilà tout.

— Mais pourquoi conserver dans ce cas les traces de l'achat ? En plus, c'est dangereux. Le fisc aurait pu lui tomber dessus.

Il la regarda sans rien dire.

— Elle avait des photos de lui, il était au courant de la dévaluation, elle a spéculé et gagné. Tu crois que c'est seulement le hasard ?

— Pourquoi pas ? Tu as toi-même reconnu que ces photos, c'était peanuts.

— Oui, mais pour un mec un peu coincé, encore jeune et ambitieux, c'est peut-être effrayant.

Il soupira, puis lui dit d'une voix très triste.

— Non, le problème n'est pas là. Ces soirées étaient connues, tout le monde s'en foutait. Sauf les fonctionnaires. Si on apprenait au Trésor que tu les avais fréquentées, tu étais foutu. On n'avait plus confiance. On savait que le baron s'en était servi pour faire pression sur certains types. Tout le monde le savait.

Ils se regardèrent sans rien dire, pendant cinq minutes, abattus par leur découverte. Il était tard. Comme elle avait eu soin de ne pas boire une goutte d'alcool ce soir-là, elle put refuser clairement ses avances, et rentra chez elle.

Le lendemain, elle appela Pinson à son domicile.

— Quelle serait votre réaction si des photos pornographiques d'un de vos subordonnés vous étaient montrées ?

— Mon Dieu, d'abord j'en rirais. Ensuite, je me dirais que ce garçon n'est pas bien prudent pour se laisser avoir de la sorte. Je ne pense pas que je le laisserais monter bien haut dans la hiérarchie. Nous avons suffisamment de talents ici, qui se marient jeunes et font beaucoup d'enfants. Les autres sont des exceptions. Mais qu'est-ce qui vous turlupine encore ? Vous en avez toujours après Simonnet ? C'est ça ? Ce garçon a une excellente réputation.

— Il a fréquenté le pavillon Champsaur.

— Réellement ? Ah, dans ce cas, c'est fâcheux...

— Je ne vous le fais pas dire.

— Le cabinet du ministre a suffisamment souffert des relations entre son ancien directeur, Alain Boublil, et Samir Traboulsi, le négociateur du rachat d'American Can par Péchiney. Ce n'est plus la peine de prêter le flan à de telles accusations. Elles coûtent trop cher, même si cela est injuste pour tout le monde.

Le premier mouvement de Pinson fut de prévenir le

directeur du Trésor des progrès de l'enquête et des soupçons pesant sur un ancien de la maison.

— C'est très fâcheux.

— Tout à fait.

Deux minutes plus tard, le ministre était au courant.

— C'est vraiment fâcheux.

— En effet.

— Et il y a des preuves ?

— Pas encore. Je ne crois pas.

— Heureusement qu'on l'a appris aujourd'hui. Il devait être nommé ministre après-demain.

— Ç'aurait été vraiment très ennuyeux.

— En effet, en effet. Vous êtes sûr que ce n'est pas une manœuvre de nos ennemis ? Un complot pour me déstabiliser ?

— Je ne sais pas, monsieur le ministre d'État. Mais je ne crois pas. L'inspecteur qui suit l'enquête est, selon Pinson, plutôt bien orienté.

— Il a pu être manipulé.

— Elle. C'est une femme. On ne peut exclure cette hypothèse.

— Mais nous ne pouvons pas prendre de risques, surtout en ce moment. On réaménage pour sortir un maladroit, on ne va pas le remplacer par un suspect de meurtre.

— Ce serait peu prudent.

— J'appelle Rocard tout de suite. Merci.

Le lundi matin, *La Correspondance économique,* la plus prisée des lettres d'information, annonçait que Michel Charasse avait sauvé son poste de ministre du Budget, à la surprise générale.

Solde des comptes

C'EST au petit matin que les policiers se présentèrent au domicile de Michel Simonnet. Il n'avait encore aucune idée de ce qui se tramait. La petite rumeur parisienne l'avait épargné. Une jeune femme blonde ouvrit la porte et vit les deux hommes, leur carte officielle au poing. D'abord elle ne dit rien, puis elle éclata de rire.

— Encore un gag de François !

— Non, nous venons réellement chercher M. Simonnet Michel.

Michel avait fini par se lever, attiré par le bruit. Il portait un kimono de soie noire, orné de motifs japonais rouges sur le dos. Le pyjama était de soie rouge.

— Monsieur Simonnet ?

— Oui.

— Veuillez nous suivre, s'il vous plaît.

— Que se passe-t-il ? C'est une blague ou quoi ?

— Non, veuillez vous habiller rapidement.

— Mais qu'ai-je fait ?

— On vous le dira au commissariat. Vous êtes placé en garde à vue pour l'affaire Kervalec.

— Mais je n'ai rien à voir avec elle !

— Vous aurez quarante-huit heures pour en convaincre l'inspectrice.

Son cœur battait à tout rompre, son estomac était devenu un bloc de béton. Il n'arrivait plus à ordonner ses pensées.

— Je me prépare.

Il ferma la porte de sa chambre, téléphona au ministre et tomba sur sa femme.

— Mais qu'est-ce qui vous arrive ? Il est 6 heures du matin. Pierre vient de partir pour la rue de Rivoli. Rappelez-le là-bas d'ici un quart d'heure.

Elle raccrocha brusquement. Il appela alors André, pour lui demander ce que savait son amie. Il tomba sur son répondeur, et laissa un message.

— André, aide-moi, on m'arrête.

Une voix s'impatientait derrière la porte.

— Alors ça vient ?

— Oui, ça vient.

— Pas la peine de faire des chichis, vous ne verrez personne d'important.

Il passa néanmoins un complet gris, avec une chemise rose et une cravate rayée qu'il prit soin de nouer convenablement. Sa femme sanglotait dans le couloir. Il la regarda tristement, et l'embrassa.

— C'est une épouvantable erreur. Je serai de retour dans deux heures.

Comme il allait sortir, il demanda dix secondes de grâce supplémentaire. Il se précipita vers les toilettes. On l'entendit vomir, avant que le bruit de la chasse ne recouvre tout. Les sanglots de sa femme avaient redoublé.

Assis dans le fourgon entre les deux flics, il se mit à pleurer lui aussi, doucement. Il imaginait les voisins ouvrant leurs volets pour assister à sa déchéance, il voyait les ricanements de ses collègues et de ses ennemis, la joie qui allait saisir certains membres du Parti. Il voyait surtout qu'il ne serait pas ministre, ou pas avant très longtemps. La presse allait aussi s'en donner à cœur joie. « Inculpation d'un futur ministre. » Inratable. Une seule pensée le réconfortait : il avait abattu Champsaur, avant de l'être. Sa banque pouvait depuis la veille au soir compter sur la majorité des voix lors de la prochaine assemblée générale de la Coloniale. Il était vengé, car tout était de la faute du baron. Tout. Il avait fait sa connaissance alors qu'il était jeune haut fonctionnaire, frais émoulu de l'ÉNA. Il était bosseur, moins fortuné que les autres, il admirait leur aisance, leurs manières, leurs relations et il cultivait son rêve. En arrivant au Trésor, il avait commencé à s'épanouir. Il était au centre du pouvoir français. Le baron était venu un jour solliciter un transfert de fonds exceptionnel pour l'étranger. Il pouvait le justifier pour des raisons économiques, une de ses filiales belges en quasi-faillite ayant un besoin impérieux de fonds propres. Il avait autorisé immédiatement l'opération. Il voulait mettre la main sur un groupe en bonne santé. Peu de temps après, le baron l'avait invité à une soirée « en petit comité ». Il savait très bien ce que cela signifiait. Mais il voulait approcher l'homme de près, l'étudier. Il se sentait assez fort pour éviter ses pièges. Il n'en avait parlé à personne, mais était allé s'acheter un smoking, son premier, chez Christian Dior.

Il y avait quatre ou cinq hommes tout au plus, et de nombreuses femmes. Viviane recevait, et mettait à l'aise. Le baron était invisible. Il but plusieurs coupes de champagne, et les filles lui semblèrent irrésistibles. Il s'était tout permis ce soir-là.

Ensuite, l'angoisse ne l'avait plus quitté. Il attendait. Le baron l'avait invité à nouveau, il avait refusé. Quelques mois plus tard, ce devait être pendant l'hiver 82, Viviane l'avait appelé.

— Si nous prenions, le thé samedi ? Chez Carette, à 16 heures. C'est à deux pas de chez moi, c'est très pratique.

Il avait accepté. Que pouvait-il faire d'autre ? Elle lui avait posé quelques questions sur le déroulement de sa carrière.

— Vous êtes promis à un brillant avenir, semble-t-il.

— Oui, je l'espère. J'aime servir l'État.

— C'est très bien. Nous manquons de jeunes hommes comme vous. J'aimerais tant que mon fils vous ressemble. Il est dommage que vous ne puissiez à vous seul nous mener une politique économique correcte. Il paraît que cet affreux gouvernement nous prépare une nouvelle dévaluation.

— Non, pas pour l'instant.

— Ah ! tant mieux. Il est déjà devenu si terriblement onéreux de voyager. New York est hors de prix. Londres aussi. C'est affreux, affreux. Je dois tirer le diable par la queue. Ne riez pas, je vous assure que c'est vrai. Alors je m'étais dit qu'il valait mieux faire le plein de devises tant que le franc était encore en vie.

Il ne voyait pas où elle voulait en venir.

— Vous seriez au courant si on devait dévaluer ?

— Pas forcément. Ce n'est pas mon bureau qui s'en occupe.

— Quel dommage !

Elle lui souriait, tout en prenant un air de profond désespoir. Il avait l'impression d'être un caniche refusant de faire ses besoins lors de sa sortie du soir.

— Mais le baron m'avait affirmé que vous vous occupiez de monnaies.

— C'était avant. Je m'occupe maintenant de l'international.

— Vous connaissez pourtant ceux qui s'occupent de notre franc. Vous devez bien parler entre vous ?

— Tout ceci relève du secret.

Il fallait qu'elle abatte son jeu. Il allait jouer le niais.

— Vous êtes un jeune homme sérieux. C'est bien. Vous voulez un gâteau ? Vous avez déjà terminé votre petit pain.

Elle commanda un gâteau au chocolat sans attendre sa réponse. Il détestait le chocolat.

— Mais j'y pense ! Je ne vous ai jamais montré nos photos ! Vous vous rappelez, n'est-ce pas ? Je prends toujours des photos de mes soirées. On peut se souvenir des gens qu'on a rencontrés. C'est bien plus gai.

Elle agitait ses longs cils, recouverts de mascara bleu. Ses yeux, gris, étaient très beaux. Elle lui tendit un paquet de photos. C'était donc ça, c'était si simple. Il se sentait soulagé. Il y avait une dizaine de clichés. Dont un de lui. Il rougit. Il était ridicule.

— Voilà. C'est vous ! Mignon, n'est-ce pas ? Vous pouvez la garder, j'ai le négatif. Je vous ai trouvé tellement séduisant que je n'ai donné de double à personne. Même pas au baron. Je lui ai dit que j'avais surexposé. Il a été très déçu. J'ai pris des risques pour vous en lui mentant. Il m'a crue. Enfin je crois. De toute façon, cela n'a plus aucune importance. Je me suis fâchée avec cet horrible personnage. Je ne lui adresse plus la parole. Je ne sais même plus qu'il existe...

Elle but une gorgée de thé, délicatement.

— On a bien essayé de vous réinviter par la suite, mais vous n'étiez jamais libre. Vous avez eu bien raison. Vous seriez aujourd'hui entre les mains du baron.

Il tournait la photo dans tous les sens. Si elle arrivait à son chef de service, il était grillé.

— Je suis désolée. Il faut que je vous quitte. Un rendez-vous chez mon coiffeur. J'ai un dîner ce soir. Ces choses-là sont si ennuyeuses.

Elle soupira.

— J'ai été très heureuse de vous revoir. Nous devons rester en contact. Appelez-moi. Vous saurez quand. Je compte sur vous.

Il l'avait prévenue, juste avant la dévaluation. Ils s'étaient ensuite croisés dans des soirées, échangeant des clins d'œil. Et puis, six ans plus tard, un lundi, elle l'avait appelé. Il était devenu un banquier privé prospère, qui ne risquait plus rien.

— Nous prenons le thé ? En souvenir du bon vieux temps. Mais pas chez Carette, il y a trop de monde désormais. Non, au Prince de Galles. À 17 heures.

— Alors, vilain garçon, on veut embêter mon vieil ami ? Ce n'est pas très gentil. Il m'a tout raconté. Je ne peux pas le laisser tomber comme ça. Imaginez, je dis bien imaginez, qu'un Premier ministre reçoive une photo, accompagnée de quelques bordereaux de transactions sur devises et d'une petite lettre explicative. Il serait sûrement fâché, non ? Vous avez vu les ennuis qui sont arrivés à ce pauvre Gary Hart aux États-Unis ? Et ses photos à lui étaient pourtant très habillées. Ma démarche est officieuse. Gustave ne sait rien. Mais on peut sûrement arriver à un compromis qui satisfasse tout le monde, non ? Vous avez jusqu'à la fin de la semaine pour me proposer une transaction.

— Mais je vous avais cru fâchée avec le baron !

— Oh, bien sûr que je suis fâchée. Je n'ai pas l'intention de lui dire quoi que ce soit. C'est bien pour cela que j'attends un geste de bonne volonté de votre part. Ne m'obligez pas à me réconcilier avec lui, ce serait si humiliant pour tout le monde.

Il avait cherché une solution. Il ne voulait renoncer à rien. Il était pris au piège. Elle serait toujours là, derrière lui, quand il s'y attendrait le moins. C'était la première fois qu'il aurait fallu résister. Depuis, elle avait un vrai motif de chantage. Corruption de fonctionnaire, sabotage de la monnaie, délit d'initié. Il l'avait croisée à la Bourse ce vendredi-là. Elle entrait dans les toilettes. Il l'avait suivie. Pour parler. Il avait perdu l'esprit.

Le véhicule s'arrêta devant une grande porte. On le poussa dehors, sans ménagement. Ils montèrent trois étages. Il n'était pas 6 h 30. On l'assit dans un bureau vide. Sophie entra, un café à la main.

— Vous ne connaissez pas mon adjoint Sureau ?

— Enchanté.

— Vous prendrez bien un café ? J'ai des croissants aussi.

Elle lui mit la photo et les bordereaux devant le nez. Elle avait tout compris. Il la regarda avec admiration.

— Alors ?

— Je ne comprends pas. Cette photo est purement privée. Et cette spéculation ne veut rien dire Savez-vous combien de milliards ont changé de main ces jours-là ?

Pendant quarante-huit heures, il s'obstina dans ce système de défense. Sophie fut ébranlée, mais on l'inculpa tout de même le mercredi. Le dossier d'accusation paraissait mince au juge, mais il voulait en finir. La reconstitution n'apporta rien.

Quinze jours plus tard, se déroula l'assemblée générale extraordinaire des actionnaires de la compagnie Coloniale. La bataille boursière avait fait suffisamment de bruit pour y attirer une foule nombreuse. Ces assemblées se déroulaient habituellement dans une salle du siège social, devant une dizaine d'analystes financiers et de retraités rentiers qui occupent ainsi leurs journées. Là, il fallut louer le pavillon Gabriel, pour loger les journalistes, les financiers et même de nombreux petits actionnaires qui avaient parfois conservé un seul titre pour pouvoir entrer et assister au spectacle. Sur le podium, le baron de Champsaur était entouré de ses principaux collaborateurs. Il s'impatientait. Tout le monde attendait la vedette, le vainqueur de l'affrontement, le beau Felipe. Il était en retard, ce qui apparaissait comme l'ultime camouflet. Lorsqu'il entra enfin, suivi par son staff, la salle se leva. Il traversa les rangées, frêle, petit, la bouche pincée, vêtu d'un costume sombre. La moitié des spectateurs applaudit l'artiste. La jeune finance était avec lui, le conquérant européen, tandis que sifflaient les têtes blanches, indignées par une victoire espagnole, soupirant sur la décadence française.

Le baron était livide, encaissant cette nouvelle humiliation. Il bafouillait devant son micro.

— Ceci est inadmissible. Vous n'êtes pas en pays conquis.

— Je vous prie de me pardonner. Je ne suis pas encore habitué aux embouteillages parisiens.

La salle éclata de rire. Le baron reprit la parole.

— Comme vous le savez, notre groupe a été victime d'une lâche agression, commanditée par des intérêts étrangers, pilotée par un traître français, par un criminel.

Le tumulte s'empara de la salle à nouveau.

— Il faut les comprendre. Notre société a connu une année exceptionnelle. Toutes nos filiales ont dégagé des profits records. Après les difficultés des cinq dernières années, causées par les mesures démagogiques prises par un gouvernement socialiste, nous avons retrouvé la santé. Le bénéfice net consolidé a grimpé de 52,7 %, dépassant pour la première fois de son histoire la barre du milliard de francs. Nous pouvons rendre hommage à l'équipe dirigeante. Je passe maintenant la parole aux commissaires aux comptes, qui vont vous détailler nos résultats.

Ils parlèrent pendant une heure d'abominable ennui. Le baron reprit ensuite la parole.

— Vous allez maintenant voter pour désigner le nouveau conseil d'administration. Deux listes se présentent. Nos hôtesses vont venir recueillir vos bulletins.

Une heure plus tard, le verdict tombait. Les membres de la liste espagnole étaient tous élus, avec 50,2 % des voix. Felipe serait président, lord Beanfield vice-président.

Le financier espagnol prit alors la parole.

— Monsieur le Président, je rends hommage à votre compétence, aux qualités qui vous ont permis de bâtir un des plus grands groupes européens. Sa vocation ne changera pas : il va devenir le premier grand holding européen. Il sera la tête de pont qui fera de la France le plus puissant des pays. Avec nos idées, avec sa puissance et son ingéniosité toutes françaises, nous serons imbattables. Messieurs, l'Europe est en marche.

Un tonnerre d'applaudissements salua cette profession de foi qui sonnait si bien.

Gustave de Champsaur en profita pour sortir discrètement, un léger sourire aux lèvres. Il avait perdu toute son arrogance : jusqu'à la dernière minute, il avait cru qu'un miracle se produirait. Peine perdue. Le coup avait porté. Il était devenu un vieux monsieur d'apparence digne et un peu niaise. Il poussa la porte de verre du pavillon en s'excusant alors que le hall était désert. Son chauffeur s'avança vers lui, mais il le repoussa de la main. Il se laissa guider par les cris des oiseaux qui peuplent les jardins bordant les Champs-Élysées. Il s'assit lourdement sur un banc humide. Pendant cinq minutes, il ne bougea pas. Il paraissait momifié, et heureux. Mais cette joie n'était qu'un masque. Jamais sa violence intérieure n'avait atteint un tel degré auparavant. Il imaginait mille sévices pour réduire ses vainqueurs en charpie, et aucun ne le satisfaisait : les énucléer, les faire rôtir à petit feu, les dépecer, découper leurs enfants, tout cela était convenu. Et puis, c'était surtout à Simonnet qu'il en voulait, et il était déjà en prison... Que pouvait-il faire contre lui alors qu'il était en plein centre de Paris, entouré par les gazouillis et les pelouses bien entretenues ?

Il sortit *Le Figaro* de sa poche. Le quotidien consacrait une pleine page à la tenue de l'assemblée générale. Un portrait de Michel Simonnet se trouvait en bonne place. Le journaliste faisait le point sur sa situation judiciaire.

Le juge d'instruction avait un mal fou à boucler son dossier d'accusation. Le banquier niait tout en bloc, et les preuves collectées par l'inspectrice Devernois semblaient bien légères. Rien ne prouvait que Viviane ait fait chanter Simonnet pendant des années. Rien n'indiquait de façon certaine qu'il l'ait avertie d'une dévaluation du franc. Rien n'éclairait le mobile de son meurtre. On aboutissait ainsi à un non-lieu probable. Il n'y aurait jamais de procès. Il faudrait reprendre l'enquête à zéro.

Tandis qu'il lisait l'article, le sourire du baron s'était élargi jusqu'à devenir un rire strident qui choquait les passants. Gustave venait de trouver sa vengeance : elle serait douloureuse pour la victime et sans violence superflue. Tout ce qu'il y avait de civilisé en cette époque tiède. Puisque la justice piétinait, lui, Gustave de Champsaur, allait l'aider. Il dirait au juge tout ce que celui-ci voulait entendre ! Il lui raconterait les faiblesses et les compromissions, les fautes graves commises par le jeune haut fonctionnaire. Il lui dirait que Viviane était allée le voir à la Bourse le jour de son meurtre pour négocier un armistice.

Il ne pourrait amener aucune preuve, mais sa parole suffirait. Des innocents avaient été condamnés pour moins que cela. Et Simonnet était, lui, peut-être coupable...

En mentant, il ferait éclater la vérité. Il n'avait qu'un regret : n'y avoir pas pensé plus tôt, quand il pouvait encore sauver son empire. Pris dans la tourmente, il avait perdu son sang-froid. Il venait de trouver la solution trop tard. Son rire aigu s'éleva hystériquement.

Le lendemain matin, Gustave de Champsaur se présentait au palais de justice. La presse confirmait à nouveau que Simonnet serait relâché d'ici une semaine. Le baron demanda à être reçu par le juge d'instruction. La partie n'était pas terminée, et cette fois-ci, il ne lâcherait pas sa proie.

— Monsieur le juge, je désire témoigner. J'ai hésité longuement, et je vous prie de bien vouloir m'en excuser, mais il n'est pas dans notre code familial de dénoncer des criminels à la justice. Nous préférons en général les exécuter nous-mêmes. Ceci vous permettra de comprendre, je l'espère, mes scrupules. Michel Simonnet est un fonctionnaire corrompu. Il est aussi un assassin. J'avais chargé Mme Viviane de Kervalec d'une mission de conciliation le jour où...

Achevé d'imprimer en avril 1989
sur presse CAMERON,
dans les ateliers de la S.E.P.C.
à Saint-Amand-Montrond (Cher)
pour le compte des Éditions Calmann-Lévy
3, rue Auber, Paris 9e
N° d'éditeur : 11494/01
N° d'imprimeur : 7618-469.
Dépôt légal : Avril 1989